Red G



# Falschgeld auf der Geisterbahn

DAS SCHLOSS-TRIO

Pelikan

ISBN 3-8144-1702-X

Gesamtleitung und Textredaktion:
AVA GmbH
Umschlaggestaltung: strat + kon, Hamburg
Innen-Illustrationen: Solveig Ullrich
Gesamtherstellung: Clausen & Bosse, Leck
Printed in Germany
Auflage 15 14 13 12 11 10 9 8 7 6 5 4 3 2 1

# Inhalt

RANDOLPH RITTER (RANDY)

Eigentlich heißt er Randolph. Diesen Vornamen haßt er. So wurde aus Randolph eben „Randy". Randy ist sechzehn, geht aufs Gymnasium, ist ein mittelprächtiger Schüler und kommt immer gut mit. Sport gehört zu seinen Lieblingsfächern; danach kommt Mathe, die Begabung dafür hat er von seinem Vater geerbt. Randy hat auch schon Kampfsportarten trainiert. So kann er auch etwas Karate. Er ist ziemlich groß, ohne schlaksig zu wirken. Sein Haar ist dunkelblond, manchmal mit einem Stich ins Braune. Seit seiner Geburt hängt ein Muskel am Mundwinkel schief, so daß es aussieht, als würde Randy immer grinsen, was die Lehrer schon manchmal auf die Palme gebracht hat, besonders dann, wenn sie neu waren und ihn noch nicht kannten. Randy ist da, wo „Action" ist. Langeweile kennt er nicht. Er kann sich auch beschäftigen, ohne vor der Glotze zu hocken. Am meisten ärgert er sich über Ungerechtigkeiten. Ob in der Schule oder im Leben: Er setzt sich stets für die Schwachen ein, was ihm nicht selten auch Ärger einbringt.

TOSHIKIARA (TURBO)

Toshikiara ist Japaner und Randys Freund. Da er einen Namen hat, der schlecht auszusprechen ist, wird er kurz „Turbo“ genannt. Turbos Eltern sind verschollen. In Japan besitzt er keine engeren Verwandten mehr. Die Familie Ritter hat sich deshalb entschlossen, ihn bei sich aufzunehmen, worüber sich natürlich Randy – der ein Einzelkind ist – unwahrscheinlich gefreut hat. Turbo besucht eine deutsche Schule. Die deutsche Sprache hat er in Japan gelernt, unter anderem auch durch den Briefwechsel, den er und Randy geführt haben. Als Erbe seiner Eltern besitzt Turbo ein altes Samurai-Schwert, dem magische Kräfte nachgesagt werden. Dieses Schwert hütet er wie einen kostbaren Schatz. Er ist kleiner als Randy und trägt das schwarze Haar zu einer Bürste geschnitten. Seiner asiatischen Mentalität entsprechend, reagiert er eher bedächtig. Wenn es aber sein muß und darauf ankommt, ist der fünfzehnjährige Turbo voll da.

MICHAELA SCHRÖDER (ELA)

Michaela Schröder, auch „Ela“ oder „Möpschen“ gerufen – den letztgenannten Namen mag sie nicht –, ist die dritte im Bunde. Ela wohnt in unmittelbarer Nachbarschaft der Ritters; sie ist dunkelhaarig, trägt gern einen Pferdeschwanz, ist eine gute Judo-Sportlerin, in der Klasse irre stark in allen Fächern und liebt besonders ihren Rauhhaardackel „Biene“. Sie hat noch einen kleineren Bruder namens Michael. Ihr Vater arbeitet beim Bau. Ela ist Randys Freundin, auch wenn sich die beiden hin und wieder streiten, daß die Fetzen fliegen; das haben sie jedoch schon im Sandkasten getan. Michaela ist sehr neugierig und schafft es immer wieder, genau dort aufzutauchen, wo etwas los ist. Darüber kann sich Randy manchmal ärgern.

Ela, Randy und Turbo gehören zusammen. Diese drei Freunde bilden auch „Das Schloß-Trio“.

# Der Teufel lädt ein

Die Flügel der schwarzen Schwingtür klappten auf. Aus dem Dunkel dahinter trat der Teufel!

Er trug ein hellrotes, hautenges Kostüm, einen schwarzen Umhang, und sein Gesicht war mit grauer Farbe überzogen. Die Lippen schillerten giftgrün, die Augen waren blau umrandet und blitzten unter den blau-violetten stacheligen Wimpern hervor. Zwei schwarze Striche entlang der Nasenfalten ließen das Gesicht lang und hager erscheinen.

Der Teufel genoß seinen Auftritt. Es war wie damals, als er noch als Schauspieler an einer Provinzbühne gespielt hatte. Da hatten ihn die Zuschauer ebenso gebannt angestarrt.

Heute stand er nicht auf einer Bühne, sondern auf der breiten Plattform einer Geisterbahn, nicht weit vom Kassenhäuschen entfernt, vor dem sich schon eine Schlange gebildet hatte.

Sie sollte noch größer werden, dafür hatte man den Teufel schließlich geholt.

Zu jeder vollen Stunde hatte er seinen Auftritt, und er machte seine Sache ausgezeichnet.

Als er seine Arme ausbreitete, schwang auch der schwarze Umhang auf, und die Gestalt glich einer riesigen Fledermaus. Während er die Arme hob, drang aus den beiden Lautsprechern neben der Tür eine dumpfe, unheimlich klingende Musik.

Klänge aus der tiefsten Hölle...

So begann jedesmal die große Schau. Der Teufel lachte heiser in sein Mikrophon.

Das Lachen lockte weitere Zuschauer an. Es schallte durch die Budengasse, über die Dächer der bunten Fassaden hinweg und wetteiferte mit der schrillen Popmusik am nahen Auto-Scooter.

Der Teufel breitete seine Arme aus, spreizte die Finger und streckte sie dem wartenden Publikum entgegen.

Das Lachen brach ab. Gleichzeitig verstummte auch die Musik. Für einige Sekunden herrschte auf dem Platz vor der Geisterbahn eine nahezu trügerische Ruhe.

Bis der Teufel sprach.

„Alles werdet ihr sehen, ihr Angsthasen, ihr Mutigen, ihr Schlauen oder ihr Ungläubigen. Aus den Särgen werden sie steigen und nach euch greifen. Schreckliche Skelette grinsen euch an. Fledermäuse stürzen sich auf euch, krallen sich an eurer Kleidung fest und schleppen euch in das Verlies des Grafen Dracula, wo euer Blut getrunken wird. Wagt es nur, dann seht ihr auch den grünen Tunnel, der die Zeiten durchschneidet. Ihr erlebt die Saurier aus der Urzeit, ihr werdet Länder zu Gesicht bekommen, die längst versunken sind, und ihr fahrt über Gräberfelder, unter deren feuchter Erde die lebenden Toten nur darauf warten, euch mit ihren eisigkalten Händen anfassen zu können. Ja, das könnt ihr..." Ein Hustenanfall schüttelte ihn.

Im Kassenhäuschen der Geisterbahn hockte der Besitzer, ein dicker Mann mit Specknacken und blauweißem Ringelhemd, der bestimmt Mühe gehabt hatte, durch die Seitentür zu kommen.

Die ersten Kommentare schallten von den Zuschauern aus in Richtung Bühne, wo sich der Teufel auch weiterhin aushustete.

„He!" rief ein Mann, der nicht mehr ganz nüchtern war. „Ich möchte mal deine Großmutter kennenlernen. Frißt die wirklich weiße Mäuse oder nur Hamburger?"

Andere lachten.

Dann rief jemand. „Ich habe hier Hustensaft. Willst du was, Teufelchen? Du kannst auch deinen Durst und das Kratzen im Hals mit Feuerwasser löschen. Ein toller Vorschlag, nicht?"

„Nein!" schrie wieder ein anderer. „Wir packen ihn und stecken ihn in den Kessel. Dann machen wir ihm Feuer unter dem..."

„Ha!" schrie der Teufel, der sich wieder erholt hatte. „Wer hat denn hier die größte Klappe? Bist du es? Oder du? Oder du vielleicht?" Bei jeder Frage deutete er auf einen der Zuschauer. „Jetzt könnt ihr noch große Töne spucken, aber wehe euch, wenn ihr einmal die Fahrt angetreten habt. Dann ist es aus mit eurer Klappe. Dann werden euch die Ereignisse überrollen und euch eine Angst einjagen, wie ihr sie noch nie erlebt habt.“ Er drehte den Kopf und durchbohrte mit seinem Blick einen Jugendlichen, der ziemlich nahe an der Bühne stand, zusammen mit einem anderen Jungen, einem Japaner.

„Hast du gelacht, Junge?“

„Klar, gestern noch. Da habe ich den Teufel beobachtet. Der hat sich beim Hühnerklauen ein Bein gebrochen. Jetzt humpelt er. Du humpelst nicht. Bist du etwa nicht der richtige Teufel?“

Die Zuschauer wollten sich ausschütten vor Lachen, und der Schauspieler fühlte sich auf den Arm genommen. Zudem sah er die bösen Blicke, die ihm der Geisterbahn-Besitzer zuwarf. Wenn er durch seine Reden den Bogen zu sehr überspannte, wirkte es noch lächerlicher, da machten die Leute dann nicht mehr mit und verschwanden lieber. Schließlich gab es nicht nur diese Geisterbahn hier auf dem großen Rummel am Rhein.

„Gut!“ rief er laut und machte eine theatralische Geste. „Ihr habt es nicht anders gewollt. Ich werde mich zurückziehen und euch eurem Schicksal überlassen.“ Er wies auf das Kassenhäuschen. „Dort könnt ihr das Ticket lösen. Für fünf Mark gibt es eine Fahrt in die Hölle.“

„Das gönnen wir uns“, sagte der Junge, der den Anreißer aus dem Konzept gebracht hatte.

„Lohnt sich das denn?“ fragte sein Begleiter.

„Aber sicher doch.“

Der Junge, der so gern fahren wollte, hieß Randy Ritter. Er war ziemlich groß, dunkelblond, ohne aber schlaksig zu wirken. Seit seiner Geburt hing ein Muskel am Mundwinkel etwas schief, so daß es aussah, als würde er stets grinsen. Seine Lehrer konnten sich bis jetzt noch nicht daran gewöhnen, hatten sich aber damit abgefunden.

Randy war immer da, wo er Action vermutete. Deshalb ging er auch so gern auf den Rummel. Da konnte man was losmachen, da gab es jede Menge Spaß, man traf auch hin und wieder ein paar Kumpels, die auf eine Limo mitgingen.

„Einverstanden, Turbo?“

Turbo war der japanische Junge. Er hieß eigentlich Toshikiara, aber kein Mensch nannte ihn so. Den Namen konnte sich

niemand merken, noch richtig aussprechen, und so hatte Michaela Schröder, Randys Freundin, einfach den Namen Turbo erfunden.

Er war erst vor kurzem aus Japan zu den Ritters gekommen. Zuvor hatten sich Randy und er nur per Brief gekannt. Bei Turbos Ankunft in Düsseldorf hatte es erst mal Ärger gegeben, denn der Junge besaß ein altes Samurai-Schwert, das ihm seine verschollenen Eltern hinterlassen hatten. Hinter diesem Schwert waren auch japanische Gangster her gewesen, doch sie hatten es zum Glück nicht bekommen und die Sache vorerst aufgegeben.

Turbo konnte nicht mehr nach Japan zurück, er wollte es auch nicht. Da das Haus der Ritters – es glich schon einem kleinen Schloß – groß genug war und sich auch die Behörden einverstanden erklärt hatten, wollte Turbo lieber bei seinem Freund Randy bleiben, bis sich das Schicksal seiner Eltern endgültig geklärt hatte. Er ging auch in eine deutsche Schule, die Sprache hatte er schon in Japan erlernt.

Turbo war kleiner als Randy. Sein schwarzes Haar ließ er immer als Bürste schneiden. Er war von den beiden der Bedächtigere. Das lag an seiner asiatischen Mentalität.

Der Teufel zog sich zurück, nicht ohne noch einen giftigen Blick auf die beiden Freunde geworfen zu haben.

„Den haben wir zu sehr geärgert“, sagte Turbo.

„Na und? Wen juckt's? Wenn er keinen Spaß vertragen kann, soll er auf dem Friedhof anfangen. Die suchen bestimmt noch Totengräber.“

„Auch im Winter?“

„Wieso?“

„Da ist die Erde doch gefroren.“

Randy lachte und schlug seinem Freund auf die Schulter. „Du wirst immer stärker, Turbo.“

„Ich passe mich eben an.“

„Okay, sollen wir eine Fahrt in die Hölle wagen?“

„Meinetwegen.“

Sie mußten sich anstellen. Einige Gäste hatten sich vorgedrängelt. Es war nicht weiter tragisch, die beiden Jungen hatten es nicht eilig. Der ganze Nachmittag lag noch vor ihnen. Die Achterbahn mit dem Doppel-Looping, den Auto-Scooter und den Fliegenden Teppich hatten sie bereits hinter sich gebracht.

„Danach gehen wir Currywurst essen!“

Randy bekam große Augen. „Magst du die so gerne?“

„Noch lieber.“

„Du mußt im früheren Leben mal Ketchup gewesen sein.“

„Nein, ich war eine Tomate. Dann kam ein Auto, der Fahrer paßte nicht auf, danach war ich Ketchup.“

Randy wollte etwas erwidern, als sich genau vor ihm ein Typ in die Warteschlange drängte, der ihm überhaupt nicht gefiel. Er machte auf halb Rocker, halb Punker. Auf dem nackten Oberkörper trug er nur eine schwarze, weitgeschnittene Lederjacke. Verziert war sie mit allerlei blinkenden Nieten. Die Tätowierungen am Hals zeigten Motive aus Kinofilmen, meist Ninja-Streifen. Was auf dem Kopf wuchs, war keine Frisur, sondern rosa eingefärbtes Gestrüpp. Haare wie farbige Grashalme. Dazu wollten die hellen Augenbrauen und die Pickel auf dem Gesicht aber überhaupt nicht passen. Die Jeans saß eng, war fleckig und wurde von einem breiten Ledergürtel gehalten, an dem kleine Totenköpfe aus Plastik schaukelten.

„Hinten wird sich angestellt“, sagte Randy.

Der Punker grinste breit. „Ich weiß, ihr Stinker.“

„Dann schieß ab.“

„Nein!“ Der Kerl schüttelte den Kopf. Das Gebüsch auf seinem Schädel bewegte sich von einer Seite zur anderen.

„Was willst du dann?“ fragte Randy.

„Auch nicht das Zeug aus dem Fernsehen. Hier, etwas ganz anderes.“ Er bewegte seine rechte Hand so flink und geschmeidig wie ein Zauberkünstler und hielt plötzlich einen grünen Zwanzigmarkschein zwischen den Fingern. „Könnt ihr mir den wechseln?“

„Wie?“ fragte Randy.

„In zwei Zehner von mir aus.“

„Ist der auch echt?“

Der Knabe grinste breit, wurde aber etwas bleich um die Nase. „Ihr seid vielleicht Typen.“

„Laß mal sehen." Randy wollte ihm den Schein wegnehmen, aber der Punker zog die Hand schnell zurück. „Nicht auf diese Tour, Süßer."

„Ich will auch nur testen, ob der echt ist."

„Und wie machst du das?"

„Gib schon her."

Randy bekam den Schein, knickte ihn zusammen, legte ihn auf den Boden und trat mit dem Absatz darauf.

„Was gibt das, wenn es fertig ist?" staunte der Punk.

„Er ist echt!" erklärte Randy mit einem gleichgültigen Gesicht. „Ja, der ist echt."

„Und woran hast du das festgestellt?"

„Ja, das möchte ich auch mal wissen", meldete sich Turbo.

„Ich bin auf ihn getreten. Die Geige auf der Rückseite ist nicht gebrochen. Er ist echt."

„Ahhh..." Der Punker schlug gegen seine kahle Stirn und ging in die Hocke. „Ich werde nicht mehr. Ich glaub, mich knutscht der Bond. Bist du eigentlich irre, Mann?"

„Nur vorsichtig."

„Und du wechselst jetzt?"

„Klar." Randy holte zwei Zehner aus der Tasche seiner hellgrauen Jeans.

Der Punker grinste. „Dann ist ja alles paletti." Er nahm die beiden Scheine an sich und war innerhalb von Sekunden im dichten Gewühl verschwunden.

Randy knüllte den Zwanziger zusammen. Dabei schaute er in Turbos ernstes Gesicht. „Was hast du denn?"

„Irgendwie war das komisch."

„Und was?"

„Na alles. Der Typ und so. Ich habe das Gefühl, als hätte er uns richtig geleimt."

Randy winkte ab. „Du mit deinen Gefühlen. Wir sind sowieso gleich dran, dann überkommt dich das Grauen."

Auf den Rheinwiesen bei Düsseldorf, wo die Kirmes ihren Standplatz hatte, herrschte ein unwahrscheinlicher Betrieb. Besucher aus den nah gelegenen Städten wollten sich hier amüsieren, aber auch aus dem Ruhrgebiet reiste man an, vom Niederrhein ebenfalls, und selbstverständlich auch aus der großen südlichen Nachbarstadt Köln.

Ruhrgebiet und Rheinland trafen hier zusammen. Das war auch an den Dialekten zu hören. Die beiden Mädchen vor Randy und Turbo sprachen den breiten Ruhrgebiet-Slang. Es waren richtige Kichererbsen, die sich immer wieder umschauten, um dann über die beiden Jungen zu flüstern.

„Habt ihr Angst vor der eigenen Courage?“ fragte Randy. „Soll sich jeweils einer von uns zu euch setzen?“

Die Größere mit den bonbonfarbenen Spangen im blonden Haar prustete los: „Ihr seid ja noch stärkere Monster als die in der Geisterbahn.“ Die beiden wollten sich über den eigenen Witz schier totlachen.

Randy hob die Schultern. „Gänse“, sagte er nur.

Die Mädchen kamen an die Reihe und zahlten. Aus winzigen Geldbörsen holten sie den Betrag.

Dann stand Randy vor dem Kassenhaus. Der Dicke im Ringelhemd schwitzte stark. Wie kleine Kugeln lagen die Schweißperlen auf seiner Stirn. Neben der Kasse aus Metall standen zahlreiche Flaschen mit Mineralwasser. Randy fiel auf, daß der Mann kaum Augenbrauen besaß, und seine Augen selbst verschwanden fast hinter Fettpolstern.

„Zweimal“, sagte Randy und legte den Zwanziger hin.

Der Dicke schob beide Karten rüber und einen Zehnmarkschein. Die Jungen stiegen eine dreistufige Treppe hoch, um die höher gelegene Geisterbahn-Plattform zu erreichen. Sie passierten die Tür, aus der auch der Teufel getreten war, und warteten, bis ihnen ein Helfer einen Wagen zuschob. Der Mann prüfte ihre Karten und ließ die Freunde einsteigen.

Die Mädchen verschwanden bereits durch die beiden aufgeklappten Türflügel. Sie warfen schon jetzt ihre Arme hoch und schrien vor Vergnügen.

Dann ruckte auch der Wagen der Jungen an. Der Bug stieß gegen die zurückgeschwungenen Türen und drückte sie wieder auf.

Die Fahrt begann!

# Für zehn DM in die Hölle

Der kleine Wagen bekam einen heftigen Schub, als hätte jemand von hinten gegen ihn getreten. Er wurde auf die Schiene gedrängt und sofort in eine scharfe Kurve, wobei etwas von der Decke hing, das wie lange Spinnenbeine über die Gesichter der Freunde strich.

Randy schüttelte sich.

„Was war das?“ fragte Turbo.

„Fäden.“

Zunächst fuhren sie in die Höhe. Ein Tunnel öffnete sich zu einem Schlund, der sie verschluckte. Als der Wagen einen Kontakt überrollte, geriet Leben in die Wände rechts und links.

Feuer sprühten auf. Plötzlich umtanzten gewaltige Flammenzungen den fahrenden Wagen. Das war sehr gut gemacht. Es sah aus, als würde das Höllenfeuer im nächsten Augenblick über den Fahrgästen zusammenfallen, denn auch über ihnen, an der Decke, züngelten und wirbelten lange Feuerzungen.

Manchmal erschien auch eine pechschwarze Teufelsfratze inmitten des Feuers. Das Gesicht grinste kurz, dann verschwand es wieder, und nur noch das Feuer tobte.

Sie waren von brausenden Geräuschen umgeben, als würde ein Orkan in die Flammen hineinfahren.

Dann verschwand das Feuer. Auch das Brausen verstummte.

Der Wagen rollte jetzt durch eine unheimliche Umgebung. Sie war in ein gespenstisches grünes Licht getaucht: grün und gleichzeitig bleich. Es hatte sich wie ein Schleier über eine kahle Landschaft gelegt, die mit Särgen bestückt war.

Knarrend öffneten sich die alten Deckel. Skelette stiegen aus den Totenkisten. Kahle Arme winkten ihnen zu, Hände kreisten, Finger bewegten sich, lockten, und nackte Totenschädel grinsten die Vorbeifahrenden an.

Der Wagen schlitterte in engen Kurven dahin. Bei jeder Drehung stießen die Freunde zusammen. Wenn es besonders schaurig wurde, mußten sie lachen – und erschraken heftig, als plötzlich kalte Knochenfinger sie an der Wange berührten.

Die Hände waren nicht von der Seite gekommen, sie waren

aus dem Dunkel über ihnen gefallen, aber schon wieder verschwunden.

„Gut gemacht“, sagte Turbo. „Erst ablenken, dann aus dem Hinterhalt zuschlagen.“

„Wir werden jetzt aufpassen.“

Die Gegend mit den Särgen hatten sie hinter sich gelassen. Dafür rollten sie jetzt auf ein Schloß zu, dessen Tor groß und wuchtig gezeichnet war.

Es erinnerte an ein düsteres Maul mit spitzen Zähnen im Oberkiefer, denn im oberen Drittel des Eingangs blitzten noch künstliche Stahlstäbe, die jeden Moment nach unten zu fallen drohten.

In geschwungenen Buchstaben strahlte über dem Maul eine blutrote Leuchtschrift auf: *Schloß Dracula.*

„Auf Vampire habe ich mich schon immer gefreut“, sagte Turbo.

„Hoffentlich schmeckt denen auch dein Blut!“

Sie fuhren hinein. Über ihnen ratterte es, als wollte das Gitter jeden Augenblick auf ihre Köpfe herunterrasseln.

Es blieb oben, und das Schloß wartete auf sie. Vor ihnen ertönten laute Schreie, die nicht aus Lautsprechern drangen. Wahrscheinlich hatten die einen Wagen vor ihnen fahrenden Mädchen Angst bekommen.

Musik klang ihnen entgegen. Schwermütige Klänge, die reinsten Trauermelodien.

Passend für Dracula, den König der Vampire!

Das Schloß wirkte nicht nur von außen düster, auch in seinem Innern herrschte eine Gruselatmosphäre. Dicke Wände, wenn auch aus Pappmaché und Kunststoff nachgebaut, mit künstlichen Spinnweben bedeckt, rückten so eng zusammen, daß beide Jungen das Gefühl hatten, durch einen Schlund zu fahren.

Die Musik blieb, doch die dumpfen Töne wurden jetzt durch die hellen, wimmernden Schreie übertönt, die aus einem gewaltigen Vampirkopf drangen, der über dem kleinen Fahrzeug schwebte. Das Gesicht hatte eine breite Stirn und blutunterlaufene Augen.

„Gleich packt uns Dracula“, sagte Randy.

„Mein Blut wird ihm nicht schmecken!“

„Weshalb nicht?“

„Ich habe es mit Essig verdünnt. Da ist es geronnen.“

Randy lachte. „Kennst du übrigens das Lieblingsgetränk der Vampire?“

„Nein!“

„Blutorangensaft.“

Turbo lachte kurz und deutete nach vorn. „Das trinkt der bestimmt nicht.“ Sie waren in eine Kurve gefahren und sahen vor sich eine Leinwand, auf der Dracula soeben aus einem Sarg kletterte und nach einer jungen Frau im weißen Nachthemd griff.

Sie schrie und schrie immer noch, als der Wagen unter den beiden herfuhr. Etwas ratterte unter ihnen. Sie hatten das Gefühl, hochgehoben und wieder zurückgeschleudert zu werden. Das Schloß hatten sie verlassen. Rechts und links blitzte sekundenlang Licht auf, in dessen farbigem Schein Hexen tanzten, auf Besen ritten, den Fahrgästen ihre Zungen herausstreckten oder ihnen drohten.

Auch ein Hexenfeuer war zu sehen, über dem große Fledermäuse schwebten, die plötzlich auch vor den Besuchern herschwirrten. Das Flattern der Schwingen brachte viel Wind, so daß den Freunden die Haare in die Höhe gewirbelt wurden.

Schlagartig wurde es hell. Beide hatten nicht bemerkt, daß sie nach draußen gefahren waren. Aber sie befanden sich noch nicht am eigentlichen Ausgang. Auf einer Galerie rollten sie dahin und konnten in die Budengasse schauen, wo sich noch immer zahlreiche Besucher als Schlange vor dem Kassenhäuschen drängten.

Links von ihnen glitten grellbemalte Wände vorbei. Sie zeigten die schlimmsten Monstren der Fantasy- und Gruselgeschichten. Furchtbare Fratzen, monströse Körper, alles war überzeichnet. Deshalb wirkten sie auch mehr lächerlich.

Vor ihnen rollten noch immer die beiden Mädchen. Eine drehte sich um und winkte.

Turbo grüßte zurück, dann schlug das Vorderteil des Wagens

gegen die Klappen der Tür, und die Mädchen waren verschwunden.

Randy warf noch einen letzten Blick in die Tiefe. Turbo schaute dagegen zum Himmel hoch. Auf dem strahlenden Blau sahen die weißen Wolkenberge wie gemalt aus.

Es rumste, als der Wagen gegen die beiden Klapptüren stieß. Sie schwangen nach innen, und die beiden Jungen befanden sich mitten auf einem Friedhof. Durch geschickt aufgestellte Spiegel wurde der Eindruck eines weiten Gräberfeldes vermittelt. Die Grabsteine wuchsen schief und krumm aus dem Boden, der aus graubrauner, nachgemachter Erde bestand.

Ein Klagen, Wimmern, Seufzen und leise Schreie begleiteten die Fahrt der Freunde. Da es nicht sehr dunkel war, konnten sie auch nach vorn schauen, wo der Wagen mit den beiden Mädchen ebenfalls durch das Gräberfeld fuhr.

Es blieb nicht mehr tot.

Plötzlich waren sie da. All die schrecklichen Gestalten, die aus dem Boden krochen, über die Erde krabbelten oder noch bis zur Hüfte in ihren Gräbern steckten.

Sie alle bettelten, flehten und heulten. Sie winkten und versuchten dabei, sich an den Grabsteinen in die Höhe zu ziehen.

Der Weg senkte sich. Die Schienen führten jetzt in die Tiefe. Rechts und links wuchsen Böschungen hoch. Auch dort befanden sich Gräber. Es waren einfach Löcher hineingebohrt worden, in denen die Puppen lagen und jammerten.

Wer immer diese Geisterbahn in ihrem Innern ausstaffiert hatte, er hatte sich etwas einfallen lassen.

Randy fiel wieder ein Witz ein, als er ein Skelett sah, das seine Knochenarme aus einem Gräberloch steckte. „Kennst du den, wo ein Skelett in die Kneipe kommt?"

„Nein."

„Ganz einfach. Es kommt in die Kneipe, geht an die Theke, bestellt ein Bier und einen Aufnehmer."

Es dauerte etwas, bis Turbo begriffen hatte. Dann mußte er so laut lachen, daß dieses Geräusch selbst die klagenden Laute übertönte. „Affenstark, wirklich. Woher hast du den denn?"

„Gehört zur Allgemeinbildung."

Inzwischen hatten sie die schaurige Friedhofsgegend durchfahren und gelangten in einen pechschwarzen Tunnel. Vor sich hörten sie die Schreie der Mädchen, die sich überhaupt nicht beruhigen konnten. Bestimmt zogen sie nur eine Schau ab.

Die Dunkelheit war wie Watte. Nirgendwo brannte ein Licht. Das Schwarz kam den beiden Freunden fast klebrig vor. Es schien aus zahlreichen Händen zu bestehen, die nach ihnen griffen, sie anfaßten, über ihre Haut strichen, in die Gesichter, an Arme und Gelenke fuhren.

„Das scheint wohl die Dunkelhölle zu sein!" bemerkte Randy.

„Ja, die Jigoku, wo Emma-Ho wohnt."

„Hä?"

Turbo lachte. „Hast du nicht verstanden?"

„Nee, aber Latein war das nicht."

„Dafür japanisch. Jigoku heißt Hölle, und Emma-Ho ist bei uns der Teufel."

Vor ihnen klang ein langgezogenes Geräusch auf. Ein Klagen, als läge jemand im Sterben.

Es kam aus den künstlichen Nebelwolken vor ihnen. Der Wagen mit den beiden Freunden stieß mitten hinein. Hatten sie in der Finsternis schon nichts sehen können, so nahm ihnen jetzt der dichte, grauweiße Nebel die Sicht.

Er bildete Kreise, Wolken, Figuren, in denen etwas tanzte.

Ein Gespenst!

Schneeweiß, mit ausgebreiteten Armen, einer Kapuze auf dem Schädel und Augenlöchern darin.

Es schwebte klagend an ihnen vorbei und wurde vom dichten Nebel verschluckt.

Danach rasten sie dem Geistertanz entgegen.

Auch diese Wesen drangen aus dem Nebel hervor.. Sie waren klein, sie hüpften in der Luft. Ihr Kreischen zerrte an den Nerven der Freunde. Turbo verzog das Gesicht. „Muß das sein?"

„Ja!" rief Randy. „Die Fahrt ist auch gleich beendet, glaub mir."

Der Nebel war plötzlich weg. Dafür bekam der Wagen einen Stoß, der ihn noch ein Stück in die Höhe katapultierte, um ihn aber gleich darauf nach vorn wegsacken zu lassen.

Auf den Schienen ging es eine schiefe Ebene hinab. Diesmal sogar sehr schnell, fast mit Achterbahn-Geschwindigkeit. Bestimmt bekamen viele Besucher auf dieser Strecke Herzklopfen, besonders deshalb, weil plötzlich, am Ende der Gefällstrecke, eine unheimliche Gestalt erschien.

Es war der Teufel!

Und den wiederum kannten die Jungen genau. Jetzt erwartete er sie mit ausgebreiteten Armen.

Seine Stimme brandete ihnen entgegen. „Ich kriege euch, ich kriege euch zu fassen..."

„Der hat wohl einen Riß in der Hirnschale!" kommentierte Randy. Er hielt sich unwillkürlich am Haltegriff fest, da ihr Wagen keinerlei Anstalten traf, langsamer zu werden.

„Alles nur Nervensache", sagte Turbo.

Der Teufel schickte ihnen sein Gelächter entgegen. Der Wagen mit den Mädchen war schon längst nicht mehr zu sehen.

Der Teufel stand allein, wartete auf die Jungen – und war plötzlich verschwunden. Genau in dem Augenblick, als beide damit rechneten, gegen ihn zu fahren. Mit einer geschickten Drehung zog er sich zurück, nicht ohne zuvor noch einen Gruß hinterlassen zu haben.

Etwas klatschte gegen die Gesichter der beiden. Es war ein nasser Lappen, die Flüssigkeit rann über ihre Wangen, über den Hals und versickerte in den Kragen der Hemden.

„Das geben wir ihm noch zurück!" erklärte Randy. Er sprach in das Kichern des Teufels hinein, der sich über seine „Tat" köstlich amüsierte.

„Wie denn?"

„Ich lasse mir noch etwas einfallen."

Dann kam die Kurve. Der Wagen wurde hart hineingetrieben. Er schien sich nur mit Mühe auf den Schienen halten zu können. Die Jungen prallten gegeneinander, schauten nach vorn und sahen schon die offene Tür, durch die soeben das Fahrzeug der Mädchen fuhr.

Wenig später waren sie an der Reihe. Im ersten Moment blendete sie die Helligkeit. Sie zwinkerten, rieben sich die Augen, dann prallte ihr Wagen auf einen anderen auf. Der Helfer war wieder da. „Aussteigen, los."

Turbo und Randy kletterten in verschiedene Richtungen nach draußen. Sie blieben stehen und reckten sich. Besonders der größere Randy. „War doch ziemlich eng in der Kiste."

Sie schlenderten am Absperrgitter entlang auf die Ausgangstreppe zu. Die beiden Mädchen warteten und schauten kichernd zu ihnen hoch. „Ihr lebt ja noch!" rief die mit den Spangen im Haar.

„Und wie!" antwortete Randy. „Das können wir euch auch gleich beweisen." Er sprang über die Abtrennung und kam vor ihnen auf. Turbo folgte seinem Beispiel.

Bevor die Kichergänse noch etwas sagen konnten, übernahm jemand anders die Regie.

Eine Hand mit gespreizten Fingern rammte in Randys Nakken. Gleichzeitig hörte er eine kratzige Stimme voller Wut sagen: „Hab ich dich endlich, du verdammter Mistkerl ..."

# Der falsche Zwanziger

Die Finger waren hart wie Eisenstäbe. Randy Ritter duckte sich unwillkürlich. Er sah, wie Turbo eine Kampfhaltung einnahm, der Freund aus Japan kannte sich in fernöstlichen Kampftechniken aus, aber er griff nicht an.

„Hier ist er! Das ist der verfluchte Kerl. Kommt her, dann könnt ihr ihn festnehmen."

Randy wußte nur, daß er gemeint war, doch war er sich keiner Schuld bewußt.

Der Mann, dessen Hand noch immer seinen Nacken umklammert hielt, stand hinter ihm. Randy konnte ihn nicht sehen, er wußte aber genau, daß es der Dicke von der Kasse war. Die Stimme hatte er sich gemerkt.

Einige Besucher waren aufmerksam geworden und stehengeblieben. Sie versperrten zwei Uniformierten den Weg, die sich jetzt durch die Menge schoben. „Geht zur Seite, Leute, hier gibt es nichts zu gaffen. Macht Platz, zum Henker."

Die Polizisten sprachen mit unwirscher Stimme. Vor Randy blieben sie stehen, der endlich losgelassen wurde, sich aufrichtete und die Beamten verständnislos anschaute.

Schräg vor ihm hatte sich auch der Mann von der Kasse aufgebaut und rieb seine dicken Stummelfinger. „Der da hat mir dieses Ding angedreht. Er war's. Das kann ich beschwören."

Randy schaute sich um. Er sah nur in kalte, ausdruckslose Gesichter. Und hinter den Neugierigen, aber die verschwammen in seinem Blickfeld, die beiden Mädchen. Zweimal mußte er Luft holen, um reden zu können. „Kann mir mal einer erklären, was das hier alles bedeuten soll? Mein Freund und ich haben nichts getan. Wir sind ganz normal mit der Geisterbahn gefahren und haben auch bezahlt."

„Klar!" schrie der Dicke im Ringelhemd. „Mit einem falschen Zwanziger!"

Randy schaute in das hochrote Gesicht des Mannes, er hatte sogar lachen wollen, dann bemerkte er die ernsten Gesichter der Polizisten und schluckte nur.

Er bekam weiche Knie und ein Drücken in der Magengegend. Das hier sah ihm nicht nach einem Spaß aus.

Die Polizisten waren noch jüngere Beamte. Einer von ihnen trug einen Oberlippenbart. Er stellte an Randy auch die erste Frage. „Was hast du zu der Anschuldigung zu sagen?"

„Das ist Quatsch, gelogen."

„Was?" brüllte der Dicke los. Es sah so aus, als wollte er zuschlagen, doch der Beamte griff ein.

„Lassen Sie das!"

„Schon gut." Der Mann atmete heftig. Er holte den Geldschein aus der Tasche. „Da ist das Beweisstück. Da ist es. Und du hast ihn mir gegeben."

„Stimmt das?" erkundigte sich der Beamte.

„Kann sein. So genau schaue ich mir Geld nicht an."

„Spielt auch keine Rolle." Der Beamte nahm das Beweisstück an sich und verstaute es in einer kleinen Plastiktüte. „Jetzt brauche ich eure Namen. Du zuerst."

„Randy Ritter."

„Wohnhaft?"

Randy gab ihm die Adresse. Nach ihm war Turbo an der Reihe, der seinen Namen buchstabieren mußte.

Der Ordnungshüter schrieb alles auf. Randy musterte noch einmal den Dicken. Er stand neben ihnen, und sein Gesicht zeigte ein Grinsen. Wie ein zufriedener Buddha sah er aus.

„Was geschieht denn jetzt?" fragte Randy.

Der Polizist blickte hoch. Nicht er antwortete, sondern der Dicke. Er sprach mit hastiger Stimme. Seine Worte klangen hämisch. „Eingesperrt wirst du!" Er spreizte seine Hand und hielt sie vor das Gesicht. „Du kommst hinter Gitter!"

„Reden Sie keinen Unsinn!" fuhr der Beamte dazwischen. „Ich brauche Ihre Personalien."

„Da will man der Polizei helfen, und schon wird man mies behandelt", entrüstete sich der Dicke.

„Wie heißen Sie?" mischte sich jetzt der Kollege ein.

„Kowalski. Leo Kowalski!"

„Gehört Ihnen die Geisterbahn?"

„Ja. Ich bin Schausteller."

„Sie sind bis zum Ende des Rummels hier zu finden, wenn ich mich nicht irre?“

„Sicher!“

„Das ist gut. Wir haben bestimmt noch Fragen an Sie.“

Kowalski grinste breit. „Ich stehe Ihnen jederzeit zur Verfügung, meine Herren, jederzeit. Schließlich will man der Polizei ja helfen. Man muß ihr helfen.“

„Das meine ich auch.“

Kowalski ärgerte sich. Die Beamten behandelten ihn nicht so höflich, wie er es erwartet hatte. Seinen Ärger ließ er an Randy aus. „Grins nicht so blöde.“

„Tut mir leid, ich kann nicht anders. Das Grinsen ist angeboren.“

Kowalski holte Luft, verschluckte aber einen Kommentar, als der Polizist ihn scharf anblickte.

„Ich heiße übrigens Helmer“, sagte der Beamte mit dem Oberlippenbart, zu den Jungen gewandt. „Ihr könnt euch denken, was euch nun bevorsteht?“

„Nein“, sagte Turbo.

„Sie wollen uns mitnehmen?“ fragte Randy.

„Ja, zum Verhör.“

„Kann ich bei mir zu Hause Bescheid sagen?“

„Vom Revier aus.“

„Dann hätte ich noch eine Bitte. Ich möchte einen guten Bekannten meiner Eltern anrufen ...“

„Einen Anwalt?“ lachte der zweite Polizist.

„Nein, nein. Ach, schon gut.“ Randy winkte ab.

Herr Helmer meinte: „Handschellen werden wir wohl nicht brauchen. Was meint ihr?“

„Für uns nicht.“

„Gut, dann gehen wir.“

Leo Kowalski wischte sich zufrieden mit seinen Wurstfingern über das Gesicht. Er drückte dabei die Haut so stark zusammen, daß seine Augen überhaupt nicht mehr zu sehen waren. Irgendwie schien es ihm gutzutun, daß es die Freunde erwischt hatte.

Randy und Turbo wurden von den Beamten in die Mitte genommen. Die neugierigen Gaffer und Lauscher lösten sich auf, nicht ohne spitze Bemerkungen abzulassen. Sie schauten dabei schadenfroh und schimpften wieder über die Jugend von heute.

Einer lachte.

Es war der Teufel, der auf dem Podest stand und den Weg der Freunde mit seinem widerlichen Gelächter begleitete. Randy kümmerte sich nicht um ihn, Turbo aber warf einen Blick über die Schulter zurück.

Das Lachen und die zum Grinsen verzogene Fratze gefielen ihm überhaupt nicht. Er war der Meinung, daß dieser Kerl, der sich hinter der Maske versteckte, mehr wußte, als er zugab.

„Was ist?“ fragte Randy.

„Ich werde das Gefühl nicht los, daß wir von diesem Teufel noch etwas zu hören bekommen.“

„Da bin ich mal gespannt...“

## Das Verhör

Polizeireviere sind genauso trist, wie sie immer in den Fernseh-Serien gezeigt werden, dachte Randy, als man ihn und Turbo nach Düsseldorf ins Präsidium gebracht hatte.

Seine Eltern wußten bereits Bescheid. Dr. Peter Ritter, Randys Vater, war aus allen Wolken gefallen, als er erfuhr, wo sich sein Sohn befand. Man konnte es als Glücksfall bezeichnen, daß Herr Ritter überhaupt zu Hause war. Er gehörte zu den Menschen, die als hochspezialisierte Wissenschaftler sehr gefragt waren und überall in der Welt herumreisten. Neben dem schloßähnlichen Wohnhaus befand sich ein Turm. Er war nachträglich errichtet worden. In ihm hatte sich Dr. Ritter ein modernes Labor eingerichtet. Was er dort tat und womit er sich beschäftigte, darüber redete er nicht. Selbst Randys Mutter wußte nichts Genaues. Zudem war es den Familienmitgliedern verboten, das Labor zu betreten.

Randy aber hatte eine Ahnung, daß sein Vater nicht *nur* Wissenschaftler war. Aber darüber sprach er nie mit ihm. Möglicherweise würde sich das eines Tages noch von selbst ergeben.

Die Freunde waren sehr höflich behandelt worden. Man hatte ihnen sogar Limonade besorgt, die auch der Mann trank, der hinter seinem Schreibtisch und den beiden Jungen gegenübersaß. Es lief kein Band, es stenographierte auch niemand mit.

Man war unter sich.

Der Mann hinter dem Schreibtisch hatte sich den Jungen als Kommissar Becker vorgestellt. Er war schon älter, trug eine dicke Hornbrille und hatte die Ärmel des weißen Oberhemdes hochgekrempelt. Sein dunkler Schlips zeigte genau in der Mitte einen Soßenfleck. Er machte einen gemütlichen Eindruck, und sein Mund war stets zu einem Lächeln verzogen.

„Tja, Jungs, da habt ihr euch etwas eingebrockt, aus dem ihr erst einmal wieder heraus müßt." Nahezu bedauernd schüttelte er den Kopf.

Randy fühlte sich angesprochen. Er wollte sowieso antworten. Turbo saß ziemlich steif auf dem zweiten Stuhl. Sein Blick verriet Unruhe.

„Nein, Herr Becker, wir haben uns nichts eingebrockt."

„Wieso das?"

„Man hat *uns* etwas eingebrockt."

Der Kommissar lehnte sich zurück. „Also das mußt du mir mal näher erklären, Randy."

Der Junge nahm kein Blatt vor den Mund. Er erzählte die Geschichte von Beginn an, ließ nichts aus, fügte nichts hinzu, und der Kommissar hörte sehr genau hin.

Nach ungefähr zehn Minuten war Randy fertig, hatte einen trockenen Mund bekommen und war verschwitzt. Er trank einen Schluck Limonade und wartete, ebenso wie Turbo, gespannt auf die Reaktion des Kommissars.

Die ließ nicht lange auf sich warten. „Die Geschichte hört sich gut an, Freunde, doch eine Sache stört mich dabei."

„Und welche?“

„Ihr könnt nichts beweisen.“

Turbo und Randy schauten sich an. „Stimmt“, sagte Turbo, „das können wir nicht. Aber sehen wir wirklich aus wie Falschmünzer oder Leute, die Falschgeld in Umlauf bringen?“

„Wie ihr ausseht, spielt keine Rolle. Glaubst du denn, Mörder sehen wie Mörder aus? Wenn das zuträfe, hätten wir es als Polizisten sehr leicht, das könnt ihr glauben.“

Randy schaute auf seine Finger. „Uns fehlen also die Beweise.“

„Sehr richtig, Junge.“

„Dann müssen wir sie eben herbeischaffen“, erklärte Turbo mit fester Stimme.

Kommissar Becker mußte laut lachen. „Ihr wollt das tun?"
„Na ja..." Der Junge hob die Schultern. „Wir könnten Sie ja in Ihren Bemühungen unterstützen."
Becker winkte mit hastigen Bewegungen ab. „Das ist allein unsere Sache. Amateurdetektive hat die Polizei noch nie willkommen geheißen. Im Gegenteil, es ging oft genug schief."
„Sperren Sie uns dann solange ein?" fragte Randy.
Becker lächelte leicht. „Da macht euch mal keine Sorgen, Freunde. Soweit sind wir noch lange nicht."
„Es wäre aber möglich?"
„Ihr seid noch nicht erwachsen, die Geschichte mit dem falschen Zwanziger ist zwar übel..."
„Der Punker!" Randy schnippte mit den Fingern. „Verflixt noch mal, den müssen wir finden. Das ist er!"
„Gut, ihr beiden. Und wie?"
„Ich kann Ihnen den beschreiben, Kommissar."
„Klar, es ist auch einfach, einen Punker oder Punkrocker zu finden. Der Rummel ist verflucht groß und vollgestopft. Da kann man sich verstecken, ohne daß wir nur die geringste Chance haben. Aber er ist immerhin ein Anhaltspunkt."
„Ich gebe Ihnen noch mal die Beschreibung. So wie wir den Kerl in Erinnerung haben, Herr Kommissar." Randy bemühte sich, und Becker schrieb eifrig mit.
Was Randy vergaß, fügte Turbo hinzu. Er hatte noch manches Detail behalten.
Becker deutete mit der Bleistiftspitze auf seine Notizen. „Das ist nicht schlecht. Besonders die Tätowierungen können uns weiterhelfen."
„Meinen Sie, daß Sie ihn finden?"
Becker nickte Randy zu. „Vielleicht ja. Dann seid ihr entlastet, Freunde." Der Kommissar zog die Brauen hoch und seufzte schwer. „Es gibt gewisse Dinge, die uns Sorgen bereiten. Dazu gehört auch dieses Falschgeld. Ich will euch gegenüber ehrlich sein. Es ist nicht der erste falsche Zwanziger, den ich in die Finger bekam. In den letzten Wochen sind schon zahlreiche dieser Blüten aufgetaucht."
„Nur hier?" fragte Randy.

„Nein, überall im Land. In allen größeren und auch manchmal kleineren Städten. Wir konnten nie direkt zuschlagen. Diese Blüten-Bande ist geschickt, wechselt sehr schnell ihre Tatorte oder hat hervorragende Beziehungen. Man hat mich als Leiter der Sonderkommission eingesetzt, das heißt, hier ist die Zentrale."

„Haben Sie schon etwas herausbekommen?"

Becker lächelte die Jungen an. „Einiges", gab er zu. „Wir arbeiten ja nicht wie die Kollegen in den Agentenfilmen, bei uns spielt die Technik eine große Rolle."

„Computer", präzisierte Turbo.

„Genau, mein Junge, Computer. Mit seiner Hilfe haben wir eine Spur finden können. Wir haben die Orte eingespeichert, wo das Falschgeld auftauchte. Ein System ließ sich nicht herausfinden. Das ging kreuz und quer durchs Land, aber wir beschäftigten uns dann mit dem Umfeld. Das Ergebnis ließ aufhorchen. Es tauchten überall dort die falschen Scheine auf, wo ein großer Jahrmarkt stattfand. Ich gehe davon aus, daß die Falschmünzer etwas mit dem Rummel zu tun haben."

„Gut!" rief Randy. Er rutschte unruhig auf der Stuhlfläche hin und her. „Eine bessere Tarnung kann es für die Typen doch gar nicht geben."

Becker nickte. „Ja, du hast recht, die Tarnung ist wirklich hervorragend. Wir müßten die Bande auf dem Rummel suchen."

„Haben Sie denn schon damit angefangen?"

Becker lächelte. „Vielleicht."

„Wir sind entlastet?" fragte Turbo.

„So gut wie. Man hat euch eben reingelegt. Bei euch ist der Schein aufgetaucht, bei hundert anderen Leuten vielleicht nicht. Oder erst in einigen Tagen. Wir müssen da sehr vorsichtig sein. Beweisen können wir noch nichts."

Randy nickte seinem Freund zu. „Eine gute Idee, Falschgeld über den Rummel zu verteilen. Bevor die Polizei zuschlagen kann, sind die Gangster wieder woanders."

„So ist es." Becker nickte.

„Können wir denn gehen?"

Der Kommissar lächelte. „Noch nicht. Da will noch jemand mit euch sprechen. Außerdem habe ich gehört, daß euch dein Vater, Randy, abholen will."

„Ja, der müßte auf dem Weg sein." Randy dachte schon voraus. „Turbo, das wäre ja ein Hammer, wenn sich die Gangster hier am Rhein herumtreiben. Die Kirmes dauert noch einige Tage. Wir könnten ja die Augen offenhalten."

„Macht keinen Unsinn!" warnte der Kommissar. „Wir wollen nicht, daß uns Jugendliche ins Handwerk pfuschen. Überlaßt das den Profis."

„Klar, Herr Becker!"

Der Kommissar zog ein skeptisches Gesicht. Überzeugt hatten ihn die Jungen nicht.

Dann klopfte es.

Auf das „Herein" des Kommissars betrat ein hochgewachsener blonder Mann das Büro, der eine lässig fallende Sommerjacke zu seinen Jeans trug und das blaue Polohemd bis zur Brustmitte aufgeknöpft hatte. Die Haut war sonnenbraun, das Lächeln ehrlich, und in seinen Augen funkelte so etwas wie Spott.

„So sieht man euch also wieder. Im Dienstzimmer eines Kollegen." Der Ankömmling schüttelte fast vorwurfsvoll den Kopf.

Randy war aufgesprungen. „Ha, Kommissar Hartmann, ich wußte doch, daß Sie vorbeikommen würden."

„Ja, ja, man sagte mir Bescheid."

„War es Vater?"

„Genau." Der Kommissar reichte Randy die Hand. Danach begrüßte er Turbo. Hartmann schaute den Jungen aus Japan an. „Ich habe schon einiges von dir gehört." Er zwinkerte Turbo zu. „Sogar mit einem Konzern hast du dich angelegt."

„Ich mußte mein Schwert verteidigen."

„Das hätte leicht ins Auge gehen können."

„Wir hatten Hilfe, Herr Hartmann."

Der Kommissar nickte. „Gut." Er holte sich einen Stuhl herbei und nahm Platz. „Wie weit bist du gekommen, Kurt?"

Becker hob die Schultern. „Es gibt da nichts Neues. Alles lief genauso ab wie in den anderen Städten. Der gleiche Zwanziger. Nur wurde er diesmal den Jungen in die Hand gedrückt."

„Von einem Punker!" sagte Randy.

Hartmann nickte. „Die Bande scheint zahlreiche Helfer zu haben. War es in Münster nicht ein Mädchen?"

„Ja."

Randy hatte eine Frage. „Sagen Sie mal, Herr Kommissar, Sie müssen doch auch herausgefunden haben, wer alles auf den Plätzen stand. Ich meine, waren es immer die gleichen Fahrgeschäfte?"

Becker lächelte leicht. „Das haben wir überprüft. Zu fast siebzig Prozent waren es die gleichen."

„Sind die Falschmünzer dann vielleicht unter den Schaustellern zu suchen?" fragte Turbo.

Becker breitete die Arme aus. „Es ist nicht sicher. Wir werden das verfolgen."

Kommissar Horst Hartmann stand auf und schlug Randy freundschaftlich auf die Schulter. „Kann ich die beiden Sündenböcke mitnehmen, Kurt?"

Becker schmunzelte. „Wenn du für sie bürgst?"

„Mal sehen."

Kurt Becker stand auf. „Okay, Jungs, ihr könnt natürlich gehen. Aber ich möchte euch inständig bitten, nichts auf eigene Faust zu unternehmen. Falschmünzer sind keine Betschwestern. Man kann sie als gefährlich bezeichnen. Sie wollen auf schmutzige Art und Weise Geld verdienen. Deshalb kennen sie kaum Rücksicht."

Randy nickte. Er sagte jedoch nichts. Sie verabschiedeten sich von Kommissar Becker und wurden von dessen Kollegen und Freund der Familie Ritter aus dem Büro geschoben. Im Gang holten die Jungen zunächst einmal tief Luft.

„Ihr macht Sachen", sagte Hartmann.

„Wir?" fragte Randy. „Man hat uns doch geleimt."

„Ja, das stimmt." Nachdenklich schaute der Kommissar auf eine Normaluhr. „Dein Vater wird gleich kommen, Randy. Ich habe mit ihm gesprochen und ihn beruhigt. Wir gehen solange in die Kantine. Da haben wir uns verabredet."

„Hat er denn eine genaue Uhrzeit gesagt?“

„Nein, das ist nicht möglich. Denk mal an den Verkehr in der City. Die Stadt ist fast zu.“

Sie fuhren mit dem Lift in die Kantine, einen großen Raum, in dem nur wenige Leute saßen. Hartmann holte für sich einen Kaffee, die Jungen wollten Limo. „Auch etwas zu essen?“ fragte Hartmann.

Randy schüttelte den Kopf. Aber Turbo schielte auf eine Bockwurst. Es war die letzte, die im heißen Wasser des Kochers schwamm.

„Okay“, sagte Hartmann und wandte sich an die dralle Bedienung im weißen Kittel. „Eine Bockwurst.“

„Aber mit Affenkacke“, sagte Turbo.

Hartmann sah ihn erstaunt an. „Was ist das denn?“

„Habe ich von Randy gelernt. Das ist der Spezialausdruck für Senf, den man hier gebraucht.“

„Wohl aber nur dein Freund.“

„Ich finde ihn auch gut.“

Sie setzten sich an einen Tisch in Fensternähe.

Hartmann schaute die Jungen an. „Woran denkt ihr jetzt?“

„An die Falschmünzer.“

„Randy, denk an die Warnung meines Kollegen. Keine Experimente. Das sind wirklich Gangster und keine Chorknaben.“

„Ich weiß, Herr Hartmann. Nur möchte ich gern den Typen wiedersehen, der mir die Blüte in die Hand gedrückt hat. Dieser Punkrocker geht mir nicht aus dem Sinn.“

„Du hast doch nichts mit ihm zu tun. Außerdem wird der sich längst wieder zurückgezogen haben.“

„Wer sagt das denn?“

„Er war ein Bote, Randy, mehr nicht.“

„Deshalb kann er doch weiter beschäftigt werden.“

„Stimmt auch wieder. Die Frage ist nur, ob er sich noch auf dem Rummel aufhält.“

„Ja, ja...“ Randy hatte den Kopf gedreht, weil er Schritte hörte, und er bekam plötzlich einen roten Kopf, als ein Mann an den Tisch trat.

Dr. Peter Ritter, Randys Vater!

Er und Horst Hartmann hätten Brüder sein können. Beide waren gleich groß, nur zeigten sich in Dr. Ritters Haar schon einige graue Strähnen. Wenn er arbeitete, trug er eine Brille, jetzt nicht. Seine grauen Augen schauten sehr nachdenklich auf Randy herab. Der Mund war zu einem Lächeln verzogen. Darunter sah das Kinn aus wie ein vorspringender Block. Es verriet eine gehörige Portion Durchsetzungsvermögen, die Dr. Ritter beruflich brauchte. Sein Sohn glich ihm, auch wenn seines Vaters Züge natürlich männlicher und ausgeprägter waren.

„Tja“, sagte er und ließ sich auf einem Stuhl nieder, nachdem er die drei begrüßt hatte. „Von euch hört man ja Sachen, die mir überhaupt nicht gefallen.“

„Wir sind unschuldig, Vati“, sagte Randy schnell.

„Klar, du bist immer unschuldig. Das warst du schon früher als Kind.“

Horst Hartmann mischte sich ein. „Die Jungen trifft wirklich keine Schuld.“

„Was sagt Herr Becker?“

„Er hat sie verhört, Peter. Man hat deinem Sohn die Blüte angedreht.“

Randy nickte heftig. „So ist es. Angedreht hat man uns das Ding. So ein komischer Punker ist es gewesen. Tätowierte Arme und buntes Haar. Aber den erkenne ich wieder, glaub mir.“

„Keine Dummheiten“, warnte Hartmann. „Ich kann euch nicht beschützen. Außerdem behandelt mein Kollege Becker den Fall. Einmischen möchte ich mich nicht.“

„Das ist klar!“ Peter Ritter nickte. „Ich bin ja in den nächsten Tagen im Labor und habe dort einige Untersuchungen zu machen. Da kann ich auch ein Auge auf die beiden werfen.“

Als Horst Hartmann das knappe Grinsen auf den Lippen der Kinder sah, bedachte er sie mit einem skeptischen Blick. Er kannte den Sohn seines Freundes sehr gut. Randy gehörte nicht zu den Jungen, die einfach etwas auf sich beruhen ließen.

Hartmann schaute auf die Uhr. „So, Freunde, ich habe noch zu tun.“ Er stand auf und verabschiedete sich mit Handschlag. Noch einmal warnte er Randy und Turbo, nichts auf eigene Faust zu unternehmen.

Sie versprachen nichts.

Gemeinsam verließen sie dann die Kantine. Peter Ritter hatte seinen alten Daimler auf dem Hof des Präsidiums geparkt. Das Innere war durch die Sonne aufgeheizt worden. Sie öffneten zunächst die Türen, um Durchzug zu bekommen.

„Jetzt mal raus damit, Randy." Dr. Ritter schüttelte den Kopf. „Wie konnte das nur passieren?"

„Man hat uns die Blüte in die Hand gedrückt. Es war der Punker, der Geld wechseln wollte. Er hat von mir zwei Zehner bekommen, Vati."

Peter Ritter stieg ein. „Das kannst du mir alles auf der Fahrt nach Hause erzählen. Deine Mutter hat sich aufgeregt, aber ich konnte sie beruhigen."

„Die nimmt das alles so tragisch."

„Sie macht sich eben Sorgen."

„Wir kommen schon durch."

Die Innenstadt war ziemlich verstopft. Es dauerte seine Zeit, bis sie es schafften, die Ausfallstraße zu erreichen, die am Rhein entlangführte.

Randy erzählte seinem Vater, was sie erlebt hatten. Dr. Ritter hörte aufmerksam zu, stellte hin und wieder Zwischenfragen und machte sich seine Gedanken.

Er kam zu dem selben Resultat wie die Jungen. Die Blüten-Bande mußte sehr mobil sein, um ihr Geld absetzen zu können. „Aber ihr tut euch und uns den Gefallen und laßt die Finger davon. Kommissar Becker hat nicht umsonst gewarnt."

Randy schwieg. Auch Turbo, der auf dem Rücksitz saß, gab keinen Kommentar ab. Es dauerte nicht mehr lange, da konnten sie bereits ihr Haus sehen. Ein großes, wuchtiges Gemäuer, das durchaus einem Schloß ähnelte.

Das teilweise efeuumrankte Haus stand in Sichtweite des Stroms und wurde an der Vorderseite von mächtigen Laubbäumen beschützt. Gebaut war es auf einem kleinen Hang, wo die Rheinwiesen endeten und auch Überschwemmungen dem Haus nichts anhaben konnten.

Der nachträglich angebaute Turm paßte nicht so recht zum Gesamteindruck. Er war allerdings sehr wichtig, weil Dr. Ritter dort sein Labor untergebracht hatte.

Die Fensterscheiben in den alten Außenwänden blitzten, wenn sie vom Licht der Sonne getroffen wurden, wie große Spiegel. Auf dem Dach des Turms ragten große Antennen in den Himmel. Ela Schröder, Randys Freundin, nannte das Haus gerne eine Ritterburg.

Aber Ritter gab es nicht mehr. Dafür noch die alten Grundmauern, Keller und Verliese, in denen die Jungen oft herumstreiften. Sogar ein Geheimgang sollte existieren; den hatte Randy zu seinem Leidwesen noch nicht gefunden.

Marion Ritter hatte die Ankunft des Wagens bereits bemerkt. Sie wartete auf ihre Familie vor der Haustür.

Sie war eine hübsche Frau mit dunkelblonden Haaren und großen, auffallenden braunen Augen. Marion Ritter kochte hervorragend, was vor allen Dingen Turbo in den letzten Tagen zu schätzen gelernt hatte.

Randy duckte sich etwas zusammen, als er den strafenden Blick der Mutter sah.

Marion Ritter schüttelte den Kopf. „Ich habe um euch gezittert, Kinder! Was macht ihr nur wieder für Sachen."

„Schicksal, Mutti."

„Bei euch weiß ich das nie. Vielleicht hast du auch dem Schicksal nachgeholfen."

„Das haben wir nicht."

„Kommt erst mal rein." Frau Ritter legte ihre Arme um die Schultern der beiden Jungen und führte sie in die große Halle, wo ein mächtiger Kamin stand mit einer Sitzgruppe davor und eine breite Treppe nach oben führte.

Im unteren Bereich befanden sich ebenfalls mehrere Räume, unter anderem auch die große Küche, in der Marion Ritter sie so gern bekochte. Dort hinein gingen sie.

„Ihr werdet Hunger haben. Setzt euch." Jetzt war sie erleichtert. Auch ihr Mann nahm an dem großen, schweren Küchentisch Platz, an dem sich die Familie oft versammelte.

„Was gibt es denn?" fragte Randy.

„Ich habe Kuchen. Frisch gebacken." Sie nahm ein Tuch von einer Platte. Darunter hatte sie den Streuselkuchen versteckt gehabt. Die Augen beider Jungen leuchteten, und selbst Peter Ritter freute sich.

Der Kaffee war schon fertig, und die drei „Männer" schlugen zu, als hätten sie tagelang nichts gegessen.

Natürlich mußten Turbo und Randy wieder berichten. Frau Ritter schüttelte mehrere Male den Kopf und meinte abschließend. „Man ist auch nirgendwo mehr sicher."

„Aber Mutti, das war ein Zufall."

„Ihr seid Jungen, bei denen sich solche Zufälle häufen, fürchte ich."

Die Freunde gaben keine Antwort, weil sie den Mund mit Kuchen voll hatten. Es schmeckte ihnen phantastisch. Randy kapitulierte nach dem dritten Stück, Turbo aß noch eines mehr.

„Und jetzt?" fragte Frau Ritter. Sie schaute ihre Familie auffordernd an.

„Ich kann nicht mehr!" stöhnte Randy.

„Kann man morgen noch etwas bekommen?" fragte Turbo.

„Sicher."

„Wir gehen dann nach oben." Randy schob seinen Stuhl zurück. „Ich möchte noch etwas Musik hören."

„Und ich werde lesen", sagte Turbo.

Herr Ritter lächelte. „Das ist besser, als sich auf der Geisterbahn herumzutreiben."

„Du mußt mal fahren, Vati. Ist wirklich klasse. Da denkst du, alles wäre echt."

„Danke, ich verzichte."

Gemeinsam stiegen die Freunde die Treppe hoch. Ihre Zimmer lagen in der ersten Etage, wo ein breiter Gang den Bau von einer Seite zur anderen durchschnitt.

„Kommst du noch zu mir?"

„Muß ich?" fragte Turbo und grinste dabei.

„Eigentlich nicht. Ich dachte nur, daß wir den Schlachtplan für morgen festlegen."

Turbo strich durch sein kurzgeschnittenes schwarzes Haar. „Du kannst Gedanken lesen."

„Manchmal." Randy drückte die Zimmertür auf. Es war ein großer Raum. Überhaupt gab es innerhalb des Schlosses keine kleinen Räume. Das Gebäude war sehr großzügig angelegt worden. Hier trat keiner dem anderen auf die Füße.

Randy haute sich aufs Bett und schaute zum Fenster. Turbo fand seinen Platz auf dem Teppich. „Was ist mit deiner Musik?"

„Keinen Bock."

„Worauf denn?"

Randy richtete den Oberkörper auf, ließ aber die Hände hinter dem Kopf verschränkt. „Ich habe Bock auf Blüten-Gangster."

„Gut, und hast du da einen bestimmten Verdacht?"

„Nein. Du denn?"

Turbo zeichnete Figuren auf den Teppich. „Eigentlich schon. Ich kann mir nicht helfen, aber dieser Leo Kowalski liegt mir im Magen. Ebenso wie der komische Teufel."

„Kannst du das nicht näher erklären?"

„Ja." Er verbesserte sich. „Oder nein. Es ist einfach das Gefühl, daß mit denen einiges nicht stimmt."

Randy räusperte sich. „Wenn Kowalski tatsächlich hinter der Sache steckt, wäre er dumm, wegen der Blüte die Polizei zu rufen. Nein, Turbo, da irrst du dich."

„Und was ist mit diesem Teufel?"

„Der hat sich richtig gefreut, als man uns abführte. Seinen Spaß hat er gehabt."

„Den haben wir zu sehr geärgert." Randy richtete sich auf und schwang die Beine herum. „Ich finde, daß wir den Hebel woanders ansetzen müssen."

„Bei dem Punker?"

„Richtig."

„Und wo willst du den finden?"

Randy stand auf und schüttelte seine Beine aus wie ein Fußballspieler vor dem Match. „Bei Punkern und Rockern kenne ich mich nicht aus. Es wird schwer sein, den Knaben zu finden. Wir wissen von dem ja nicht mal den Namen."

„Ob das ein Einzelgänger gewesen ist?"

„Weiß ich auch nicht." Randy drehte sich um und schaute den hockenden Turbo an. „Punker bilden oft Cliquen. Vielleicht gehört unser Typ auch einer Bande an."

„Kann ich nicht sagen. Ist es denn nicht möglich, daß er auf dem Rummel jobbt?"

Randy schnippte mit den Fingern. „Die Idee ist gut, Turbo. Die Schausteller suchen immer Gehilfen."

„Dann könnten wir ja Glück haben", erklärte Turbo optimistisch und rieb seine Hände. Mit einem Ruck stand er auf den Füßen und übte sich im Schattenboxen.

„He, was ist Sache?"

Turbo wirbelte herum. „Ich muß in Form bleiben. Kommst du mit in den Fitneß-Raum?"

„Meinetwegen. Wie sagt man noch? Wer rastet, der rostet."

## Die Suche

Der andere Morgen begann so strahlend, daß ihm nur ein herrlicher Sommertag folgen konnte. Es war auch nicht schwül. Vom Rhein her wehte eine frische Brise. Hinter dem Haus saß die Familie Ritter noch an dem großen, runden Gartentisch beim Frühstück.

Dr. Ritter verabschiedete sich bald. Er wollte in sein Labor. „Ich weiß nicht, ob ich die Zeit für ein Mittagessen finde. Sonst sehen wir uns erst am Abend."

„Woran arbeitest du denn, Vati?"

Herr Ritter lächelte. „An Dingen, von denen du noch keine Ahnung hast. Es geht um Energie."

„Kohle oder Atom?"

„Nein, um Super-Leiter. Mehr kann ich euch nicht sagen." Er nickte ihnen noch zu, wünschte einen „schönen Tag" und zog sich zurück.

Marion Ritter seufzte. „So ist es immer. Dabei wollten wir heute abend ins Theater."

„Das schafft Vati doch."

„Lehre du mich deinen Vater kennen, Junge?"

„Wo steckt eigentlich Alfred?" fragte Turbo.

„Er ist für zwei Tage verreist."

„Ach so."

Alfred war ein besonderer Mann bei den Ritters. Man konnte ihn als „Guten Geist" des Hauses bezeichnen oder einfach als Mädchen für alles. Er gehörte zu den Leuten, denen nichts zu schwierig war. Der schaffte es, mit der rechten Hand einen Auspuff unter einen Wagen zu setzen und mit der linken eine Waschmaschine zu reparieren. Wo Alfred genau herkam, wußten weder Randy noch Turbo. Fest stand nur, daß er mal als Spezial-Effekt-Mann beim Film gearbeitet hatte und sogar als Stuntman eingesprungen war. Alfred kannte sich auch in der Welt aus. Manchmal erzählte er von seinen Reisen, die stets einen abenteuerlichen Charakter besaßen.

Als Gangster das Haus neulich besuchten, um das Samurai-Schwert zu stehlen, war es Alfred gewesen, der zusammen mit den Jungen den Leuten eine Falle gestellt hatte.

Marion Ritter war schon wieder mißtrauisch geworden. „Hattet ihr denn etwas mit ihm vor?"

„Nein!" erwiderte Randy schnell. Er sprach so, daß Frau Ritter die Schwindelei aus dem Tonfall heraushörte.

„Macht keinen Unsinn. Alfred wird sich nicht vor euren Karren spannen lassen. Außerdem sollt ihr die Finger von dem Fall lassen. Das ist etwas für die Polizei und nichts für einen Sechzehn- und einen Fünfzehnjährigen."

Randy beschwerte sich. „Da Vati keine Zeit gehabt hatte, mit uns in Urlaub zu fahren, müssen wir die freie Zeit in den Ferien ja irgendwie rumkriegen."

„Noch liegen einige Wochen vor euch. Dein Vater hat mir erzählt, daß er mit euch über London gesprochen hat."

Randy schaute gegen das dichte, grüne Laub der Bäume. „Stimmt, Mutti, London steht auf dem Programm."

„Na bitte."

„Aber wann?"

„Das kann ich euch nicht sagen. Tut mir leid."

„Tja, Mutti, bis dahin müssen wir die Zeit eben totschlagen. Das siehst du doch ein?"

„Ja, ich weiß." Sie trank einen Schluck Kaffee. „Und wo wollt ihr heute hin?"

„Mal sehen."

„Also auf die Rheinkirmes."

„Kann sein." Randy schaffte es nicht, seine Mutter zu belügen.

Frau Ritter senkte den Kopf. Sie machte einen traurigen Eindruck, und Randy strich über ihr Haar. Dann lachte sie etwas bitter. „Weißt du, Randy, ich kann dir ja nichts mehr verbieten. Du bist schließlich alt genug, aber ich möchte doch an deine Einsicht appellieren, verstehst du? Bitte, tu uns den Gefallen und..."

„Wir machen keinen Unsinn, Mutti. Okay, ich bin ehrlich zu dir. Wir wollen auf die Kirmes gehen und nach diesem Punker Ausschau halten. Sollten wir den entdecken, sagen wir der Polizei Bescheid. Dann kann die sich um ihn kümmern."

„Und das geht so einfach, meint ihr?"

„Ich sehe da keine Schwierigkeiten. Wir werden die Augen schon offenhalten."

Frau Ritter wandte sich an Turbo. „Sei du wenigstens vernünftig und halte ihn zurück, wenn er wieder über seinen eigenen Schatten springen will. Wißt ihr, ich habe einen in der Familie, um den ich oft genug bangen muß."

„Meinen Sie Ihren Mann?"

„Ja, Turbo."

„Was ist denn mit ihm los, Frau Ritter?"

„Das kann und darf ich euch beim besten Willen nicht sagen. Es tut mir wirklich leid." Frau Ritter wechselte das Thema. „Wann wollt ihr aufbrechen?"

„Erst am Mittag."

„Vor dem Essen?"

„Nein, nachher", sagte Turbo.

„Nehmt ihr Michaela auch mit?"

Randy schüttelte den Kopf. „Wir wollen lieber unter uns bleiben, weißt du."

„Das kann ich verstehen." Frau Ritter lächelte.

In den nächsten Stunden waren Randy und Turbo ungewöhnlich fleißig. Sie halfen im Garten mit, harkten ein kleines Feld durch, zupften auch Unkraut und schaufelten den Komposthaufen zusammen.

Nach dem Mittagessen machten sich die Jungen auf den Weg.

Sie nahmen den Bus, der zwar überfüllt war und in dem die warme Luft stand, aber das Fahrzeug hielt am Rand der Kirmes. Man konnte sich praktisch auf den Rummel fallen lassen.

Auch Randy und Turbo strömten im Schwarm der Passagiere aus dem Wagen. Beide stöhnten.

„Luft!" keuchte Turbo. „Luft."

Die aber roch jetzt nach Gewürzen, nach Bratwurst und Gyros.

Über eine kleine Böschung hinweg liefen sie auf die Rheinwiesen, wo die ersten Karussells standen.

Es herrschte noch nicht der große Betrieb wie an den Wochenenden. Kinder und Jugendliche überwogen als Besucher, die Erwachsenen würden erst gegen Abend erscheinen.

Beide Jungen ließen sich treiben. Sie hatten kein besonderes Ziel, aber sie hielten die Augen auf.

Es gab natürlich mehrere Geisterbahnen. Vor einer blieben sie stehen. Sie war dreistöckig angelegt worden, sah von außen aus wie eine gewaltige Felswand, zerklüftet, grau angestrichen und an bestimmten Stellen mit dämonischen Wesen bemalt.

Über dem Kassenhäuschen verneigte sich in regelmäßigen Abständen ein Krake. Er streckte seine gewaltigen Fangarme aus, als wollte er die Besucher zu sich heranholen. Schaurige Musik drang aus den Lautsprechern, nur ein Teufel trat nicht auf.

Obwohl die Freunde achtgaben, den von ihnen gesuchten Punker konnten sie nirgends entdecken.

Sie schauten an der Achterbahn nach und gingen auch zum Fliegenden Teppich, dann zu den Bob- und Gebirgsbahnen und schließlich zu den Karussells, ohne daß sie Erfolg hatten.

Nahe einer Imbißbude blieben sie endlich stehen. Turbo schüttelte den Kopf. „Sieht nicht gut aus", sagte er.

Randy zuckte mit den Schultern. „Es stand auch nicht fest, daß wir Glück haben."

„Aber du hast es gehofft?"

„Klar doch. Außerdem haben wir noch längst nicht alles abgegrast."

„Noch einmal rund?" stöhnte Turbo.

„Sauer?"

„Nicht direkt. Aber die Hitze, die Menschen, die Gerüche..."

Randy lachte. „Gerüche? Das mußt ausgerechnet du sagen. Willst du eine Currywurst?"

„Nein, laß mal."

Randy legte seine Hand auf Turbos Stirn. „Ja", sagte er. „Ja, das ist es."

„Was ist es?"

„Du hast Fieber. Mensch, Turbo, du und keine Currywurst, das streiche ich im Kalender an."

„Was trinken könnte ich."

„Ebenfalls."

„Ich hole uns zwei Cola."

Turbo verschwand, und Randy schaute wieder auf die Menschen. Sie waren bunt und sommerlich gekleidet. Viele waren in ganzen Cliquen gekommen. Ein junges Mädchen trug einen gewaltigen Teddy, den es an einer Losbude gewonnen hatte.

Turbo kam mit den Getränken in zwei Plastikbechern zurück. Das Zeug war sehr kalt.

Beide tranken langsam. „Gesehen hast du nichts – oder?"

Randy schüttelte den Kopf.

„Willst du nicht aufgeben?"

„Erst am Abend."

Turbo stützte beide Ellbogen auf die Platte des Stehtisches vor ihnen. „So, wie ich dich kenne, kann ich mir vorstellen, daß wir noch einmal zu der Geisterbahn zurückkehren, wo alles begann."

Randy grinste. „Gut gedacht, Meister."

„Machst du Kowalski an?"

„Der stampft mich glatt in den Boden. Man kann ihn aber

beobachten. Vielleicht lungert der Punker doch dort herum und sucht Dumme, denen er die Blüten andrehen kann."

„Dann wäre er ganz schön abgebrüht."

„Das ist bei den Typen doch normal."

Turbo starrte an seinem Freund vorbei. Randy wurde aufmerksam. „Was hast du?"

„Dreh dich mal um. Da sind drei Punker."

„Auch unserer?"

„Nein, aber vielleicht kennen die den?"

Die drei abenteuerlich gekleideten Gestalten hatten sich die Eßbude als Ziel ausgesucht. Sie waren noch ziemlich jung und würden in ihrer Lederkleidung schwitzen. Erst als sie an Turbo vorbeistrichen, erkannten die Freunde, daß sich ein Mädchen unter den dreien befand. Es hatte die langen Haare in die Höhe gekämmt. Sie standen vom Kopf ab wie die Borsten eines Igels. Dabei leuchteten sie so weiß, wie ein Waschmittel die Wäsche nie wusch.

Sie holten sich Hamburger und Bier. Am Nebentisch bauten sie sich auf.

„Was glotzt du so?" fragte das Mädchen und meinte Randy damit.

„Ich wollte euch etwas fragen."

„Wir sagen nichts." Die beiden Jungen nickten dazu und mampften weiter.

„Trotzdem." Randy ließ nicht locker. „Wir suchen einen Kumpel von euch, mit dem wir uns verabredet haben."

„Einer von uns mit euch?" Das Mädchen lachte schrill und klimperte mit seinen hellgrün getuschten Wimpern. „Nee, ist nicht drin. So was kann ich mir nicht vorstellen."

„Stimmt aber."

„Wie heißt er denn?" fragte die Braut. Ihr Ton klang diesmal etwas versöhnlicher.

Jetzt war Randy gekniffen, umging aber geschickt eine direkte Antwort. „Er hat sich irre tätowieren lassen. Ninja auf den Armen."

„Hat er Gockelhaare?"

„Auch das."

Die Braut winkte ab. „Da habt ihr euch einen ausgesucht. Das ist Freddy, der Ringer."

„Wieso Ringer?"

„Geboxt hat der nicht, du Hirnie."

„Ach so, ja, entschuldige."

Die zwei Punker hatten endlich die Reste ihrer Hamburger vertilgt, spülten mit Bier nach und wischten mit dem Ärmel ihrer Lederjacke über die Lippen.

„Was wollt ihr denn von Freddy?" Der größere Punker stellte die Frage. Sein Gesicht war so bleich, als hätte er es mit Kalk eingeschmiert.

„Wir hatten uns verabredet."

„Mehr nicht?"

„Nein."

„Seid froh, daß wir gerade eine friedliche Phase haben. Haut ab, ihr Stinker."

„Ja, schon gut." Randy fragte weiter. „Ihr wißt nicht, wo wir ihn finden können."

„Hier ist er", sagte das Mädchen.

„Halt doch deine Klappe."

„Mach mich nicht an."

„Danke", sagte Randy und zog sich sicherheitshalber zurück. Er wollte nicht in einen Stunk mit hineingezogen werden.

Turbo dachte ähnlich. Beide Jungen waren keine Feiglinge, aber sie gehörten zu den Typen, die einer körperlichen Auseinandersetzung möglichst aus dem Wege gingen. Mit Gewalt erreichte man nichts im Leben.

„Ich würde mal bei den Auto-Scootern nachschauen", rief die Braut ihnen hinterher, bevor sie scharf angefahren wurde, endlich den Mund zu halten.

Turbo nickte. „Ist doch was."

„Meine ich auch."

„Ich hoffe nur, daß die Kerle Freddy nicht warnen. Das würde mir überhaupt nicht in den Kram passen."

„Mal sehen."

„Auto-Scooter", sinnierte Turbo. „Weißt du, wie viele es davon auf diesem Platz gibt?"

„Nein. Wir fangen bei dem an, den wir von der Geisterbahn aus gesehen haben. Vielleicht haben wir Glück."

„Okay."

Auto-Scooter haben die Eigenschaft, Besucher – meist Jugendliche – wie magisch anzuziehen. Auch jetzt war das große Rechteck von zahlreichen Schaulustigen umlagert. Sie standen auf den Rändern des etwas höher gelegenen Podests, hörten der Popmusik zu, lehnten an Stützpfosten und wiegten oder trampelten im Rhythmus der Musik.

Auf der grauen Fahrfläche war eine mittelschwere Hölle los. Es gab keinen freien Wagen mehr. Alle befanden sich in Bewegung. Man fuhr allein, zu zweit, sogar zu dritt, und niemand hielt sich an Regeln. Jeder rollte so, wie es ihm Spaß machte.

Randy und Turbo steuerten die Schmalseite an, wo sich auch das Kassenhaus befand. Es wurde von farbigen Glühbirnen eingerahmt, die intervallweise aufzuckten, als wollten sie mit den schrillen Klängen der Musik um die Wette eifern.

Madonna sang. Ihre Stimme ließ Bohlen und Balken fast erzittern. Randy ging vor. Er mußte sich den Weg freischieben. Freiwillig machte niemand Platz.

Wer zur Kasse wollte, quetschte sich in einen schmalen Gittergang. Das taten die beiden Jungen nicht. Sie blieben davor stehen und hatten so einen ausgezeichneten Blick auf die Fläche bekommen.

Trotz der lauten Musik vernahmen sie aus dem Hintergrund die kreischende Stimme des Teufels, der wieder den großen Anreißer auf der Geisterbahn spielte.

„Siehst du Freddy?" fragte Turbo laut an Randys Ohr.

„Noch nicht." Randys Blick glitt über die rechteckige Fläche. Er sah einen jungen Mann, der zwischen den fahrenden Wagen umherturnte und dort eingriff, wo es nötig war.

„Hier werden wir ihn wohl nicht finden", meinte Turbo. „Sollen wir verschwinden?"

Randy schielte auf die Kasse. „Wenn die Schlange etwas kleiner wird, frage ich da mal nach."

„Ha, da kannst du bis nach Mitternacht warten."

Plötzlich waren die beiden Schatten da. Von rechts und links bewegten sie sich auf Randys Gesicht zu, und zwei Hände preßten sich gegen seine Augen, so daß er nichts mehr sehen konnte.

„Wer bin ich?“

Randy mußte grinsen, als er die Stimme hörte. „Das kann nur Möpschen sein.“

Als Dank für diese Antwort kassierte er einen leichten Tritt in die rechte Kniekehle. „Unverschämtheit. Du weißt, daß ich diesen Namen hasse, Randolph.“

Und den, seinen eigentlichen Vornamen, haßte Randy nun wieder. „Schließen wir Frieden?“

„Von mir aus.“ Michaela Schröder nahm die Hände weg.

Randy drehte sich um. „Was machst du denn hier?“ fragte er und starrte seine Freundin an.

„Das gleiche wie ihr.“ Ela winkte Turbo zu. „Grüß dich. Ich wollte mich umschauen.“

„Nach uns?“

„Ja, ich war bei euch. Deine Mutter sagte mir, daß ihr auf die Kirmes gegangen seid.“ Ela holte tief Luft. „Außerdem finde ich es hundsgemein, daß ihr mich nicht mitgenommen habt. Das werde ich euch nicht vergessen. Besonders dir nicht, Randy.“

„Das hier ist Männersache!“

Michaela drehte sich um. Dann legte sie ihre Hände angewinkelt gegen die Stirn und bewegte suchend den Kopf. „Wo sind denn hier die Männer? Ich sehe nur euch und ein paar andere krumme Typen.“

„Danke, wir haben verstanden.“

„Bist du allein hier?“ fragte Turbo.

„Nein, Cori ist noch mit.“ Sie deutete auf ein blondhaariges Mädchen mit struppiger Frisur. Cori hieß Corinna und ging in Michaelas Klasse. Sie hatte die Angewohnheit, nur Sachen vom Flohmarkt zu tragen. Dementsprechend bunt sah sie aus.

„Mußte das sein?“ fragte Randy.

„Ja, das mußte sein. Ich weiß, daß du Cori nicht magst.“

„Die alte Sirene.“

Ela boxte ihrem Freund in die Seite. „Halte dich zurück, das ist meine Freundin.“

„Ich habe ja nichts gesagt. So, und was willst du also wirklich hier?“

Michaela Schröder zögerte mit der Antwort. Sie strich durch ihr dunkles Haar und zupfte den Pferdeschwanz zurecht, der von einem roten Band zusammengehalten wurde. Sie gehörte zu den Mädchen, die in Sport eine eins hatten. Für ihr Leben gern betrieb sie Judo, das bekam Randy auch hin und wieder zu spüren.

Michaela war sehr schlank, hatte trotzdem eine gute, sportlich durchtrainierte Figur, eine kleine Nase und große, dunkle Augen, die manchmal vor Wut sprühten, wenn Randy sie zu sehr geärgert hatte.

Jetzt ärgerte er sich über sie, weil Ela die Angewohnheit hatte, immer dann zu erscheinen, wenn er sie nicht brauchen konnte, so wie jetzt.

Randy versuchte es mit einem Friedensangebot. „Ich wäre ja mit dir gegangen. Morgen.“

„Das glaubst auch nur du.“

„Doch, das ist wahr. Ich schwöre es."

Ela winkte ab. „Und was tut ihr hier? Fahrt ihr Auto-Scooter?"

„Noch nicht."

„Oder sucht ihr Falschmünzer?"

Randy war erstaunt. „Wer hat dir das denn gesagt?"

„Na, deine Mutter. Ich war vorhin bei euch zu Hause."

Randy winkte ab. „Na ja, also so genau darfst du das nicht sehen, weißt du."

„Wie denn?"

„Ist egal." Er räusperte sich. „Paß auf, Ela. Es dauert nicht mehr lange. Wir treffen uns..."

Sie schüttelte den Kopf. „Nichts ist mit treffen. Wir gehen gemeinsam. Dann kannst du dir für morgen den Besuch sparen. Ist doch auch was – oder?"

Randy grinste freudlos. „Wie schön, wie nett, wie bin ich happy."

„Hau nicht so auf den Pudding. Das glaubt dir sowieso keiner. Ich meine, daß du..."

„Randy!" Es war Turbo, der in Elas Bemerkung hineinsprach und seinen Freund gleichzeitig anstieß. „Da ist er!" Turbo deutete quer über die Fahrfläche auf die andere Seite, wo Freddy, der Ringer, an einem Pfosten lehnte und seine Blicke über die fahrenden Wagen schweifen ließ.

„Tatsächlich!" staunte Randy. Er bekam sogar eine Gänsehaut.

Ela stand hinter den Freunden. Sie schaute über Turbos Schulter hinweg. „Will mich denn keiner aufklären, um was es geht?"

„Um den Punker dahinten", sagte Turbo.

„Was habt ihr denn mit dem zu tun?"

„Einiges mehr, als uns lieb ist."

„Ist der in der Blütensache..."

„Sei ruhig", sagte Randy. „Aber du hast recht. Der hat uns tatsächlich den falschen Zwanziger angedreht."

Ela wippte auf den Zehenspitzen. „Jetzt wird's spannend", sagte sie und zog die Nase hoch.

„Verzieh dich lieber und bleib bei deiner Freundin Cori."
„Nein, die kommt mit mir."
„Du bist verrückt!"
„Stell dich nicht so an."
Randy sagte nichts mehr. Gegen Ela war es schwer, anzukommen. Die konnte manchmal wie eine Klette sein, die man einfach nicht losbekam. Das ärgerte ihn wiederum.
„Willst du ihn nicht anmachen?" fragte sie.
„Ja, aber ohne dich."
„Gut, du hast recht. Ich halte mich im Hintergrund."
„Vor allen Dingen deine komische Freundin."
„Die ist nicht komisch, das bist höchstens du."
„Soll ich mal lachen?"
„Lieber nicht, dann fällt hier der Strom aus." Ela wand sich an Randy vorbei und sprang vom Podest.
„Habt ihr euren Streit beendet?" fragte Turbo.
„Wieso? Haben wir uns gestritten?"
„Hörte sich fast so an."
„Was du immer hörst. Nein, wir haben uns nur recht nett unterhalten. Was ist denn mit Freddy?"
„Der steht noch da."
„Gut, dann sehen wir uns den Knaben mal aus der Nähe an."
Die Freunde sprangen vom Rand auf den Boden und schlugen einen Bogen nach rechts. Sie gingen hinter dem Kassenhäuschen vorbei, wo auch die Wagen standen, in denen die Energiezentralen untergebracht waren. Von dieser Stelle aus wurde der Scooter mit Strom versorgt. Auf einer Kiste hockte ein Mann im blauen Kittel und nuckelte an einer Zigarre. Er schaute die Jungen an, als wollte er sie fressen.

Noch immer strömten zahlreiche Besucher dem großen Rechteck des Scooters entgegen. Die Sicht auf ihr Ziel wurde den Freunden sehr schnell genommen. Nicht weit entfernt drängten sich Leute um einen gewaltigen Schießstand, wo es die besten Preise der Welt zu gewinnen gab. Das behauptete zumindest der Losverkäufer nebenan, der schon eine rauhe Stimme hatte.

Turbo hatte seine Augen überall. Er entdeckte die Lücke auf

dem Podest. Wie ein Blitz sprang er vor, umklammerte eine freie Stelle eines Stützbalkens und schwang sich gekonnt in die Höhe.

Der junge Japaner stand günstig. Er konnte Freddy sehen, ohne selbst entdeckt zu werden, und neben ihm tat sich noch eine Lücke auf, die Randy schnell ausfüllte, als zwei Jungen auf die Bahn rannten, um einen Wagen zu entern.

„Fahren wird Freddy wohl nicht“, sagte Turbo.

„Vielleicht will er wechseln.“

„Das kann sein.“

Sie belauerten ihn. Freddy, der Ringer, trug die gleiche Kleidung wie am gestrigen Tag. Er schaute sich mit einem Geierblick um, als würde er nach bestimmten Personen Ausschau halten.

„Der wählt genau aus“, sagte Randy. „Ich habe das Gefühl, daß er gleich zur Sache kommt.“

„Ich auch.“

Beide irrten sich nicht. Diesmal allerdings sprach der Punker keinen Jugendlichen an. Zwei Männer blieben irritiert stehen, als Freddy vor ihnen auftauchte.

Randy und Turbo hatten sehr gute Ohren. Sie hörten auch, daß Freddy Geld wechseln wollte.

„Wie denn?“ fragte einer der Männer.

„Einen Zwanziger für zwei Zehner.“

Das ließ sich machen. Der Mann bekam den Schein, und Freddy kassierte dafür zwei.

Randy mußte lachen. „Die größten Gauner haben das meiste Glück.“

„Aber nicht immer.“

„Nehmen wir Freddy mal in die Zange“, schlug Randy vor. „Du hinten, ich vorn.“

„Einverstanden.“

Der Punker merkte nichts. Er war in Gedanken versunken. Mit einem etwas müde wirkenden Blick stierte er über die Fahrfläche. Möglicherweise suchte er schon sein nächstes Opfer.

Turbo war zurückgeblieben. Er ging langsam. Rechts befand sich das Podest, von der linken Seite her rempelte man ihn des öfteren an, worüber er sich nicht aufregte. Damit mußte man eben auf einem Rummelplatz rechnen.

Er sah vor sich den Rücken seines Freundes. Randy hatte Freddy bereits passiert. Einen halben Schritt vor ihm blieb er stehen, drehte sich dann nach rechts und schwang sich mit einer geschickten Drehung und einem gleichzeitigen kurzen Sprung auf das Podest.

Auch Turbo handelte. Plötzlich stand er so nahe hinter dem Punker, daß er ihm den Atem in den Nacken blasen konnte.

Randy sprach den Typ an. „Hallo, Freddy, kannst du wechseln...?"

Der Punker schien aus einem Traum zu erwachen. Er schaute hoch und sah direkt in das Gesicht des jungen Kunden vom gestrigen Tag.

Randy mußte lachen. Zunächst staunte Freddy noch, dann schüttelte er den Kopf und gab ein schnaufendes Geräusch von sich, als würde eine Lokomotive Dampf ablassen.

„Überrascht, Freddy?"

„Willst du mich anhauen, Mann?"

„Sag nur, daß du mich nicht mehr kennst."

„Nein, nie gesehen. Wer bist du?"

„Wir haben uns erst gestern gesehen. Ich war so freundlich und gab dir zwei Zehner für einen Zwanziger. Mein Pech, das Ding war falsch, eine Blüte, und so etwas ärgert mich natürlich, Freddy."

Der Punker zog die Nase hoch. „Ich sag dir, Stinker, ob echt oder Blüte, ich kenne dich nicht. Hau endlich ab. Laß mich in Ruhe. Ich habe die Nase voll, verstehst du?"

„Aber ich nicht."

Freddy mochte Kraft haben. Er hatte auch gesehen, daß sie nicht beobachtet wurden, und er ballte die rechte Hand zur Faust, um in den deckungslosen Körper des vor ihm stehenden Jungen zu schlagen.

Nur war diese Bewegung auch von Turbo wahrgenommen worden. Und der griff zu einem wirkungsvollen Trick.

Plötzlich spürte Freddy etwas Hartes in seinem Rücken.

„Bewege dich nicht, Freundchen. Du kennst den Druck. Muß ich dir noch sagen, was es ist?“

„Nein!“ Freddys Antwort folgte erst nach einigen Sekunden.

Turbo war froh, und er hatte auch festgestellt, daß Freddy kein Profi war, denn der hätte eine Pistolenmündung vom Nagel eines ausgestreckten Mittelfingers unterscheiden können.

Freddy aber nicht. Er drückte seinen rechten angewinkelten Arm durch und öffnete die Faust. Jetzt schaute Randy wieder auf eine normale Hand.

Turbo zwinkerte ihm zu. Randy tat, als hätte er es nicht bemerkt. Irgendwann würde auch Freddy ein Licht aufgehen, bis dahin mußte der Punker geredet haben.

„Uns sehen viele, Freddy, aber sie sehen nicht das Richtige. Du verstehst, was ich damit meine?"

„Ja."

„Wunderbar. Erkennst du mich jetzt wieder?"

Freddys Mundwinkel zuckten. „Kann sein."

„Erinnere dich mal. Wir mögen Typen nicht, die eine lange Leitung haben."

Freddy, der Ringer, verengte die Augen. Seine Sicherheit nahm wieder zu. „Was wollt ihr überhaupt von mir?"

„Auskünfte."

Er grinste. „Kannst du haben. Das Wetter bleibt sonnig, in der Nacht ist es meist kälter als draußen und..." Er verstummte, denn Turbo hinter ihm hatte den Druck seines Fingers verstärkt.

„Du arbeitest doch nicht auf eigene Rechnung, oder?" fragte Randy.

„Ich schufte hier."

„Am Scooter?"

„Klar doch. Ich sorge dafür, daß alles läuft. Ihr haltet mich von der Arbeit ab."

„Dann ist dein Chef der Kerl hinter der Kasse."

„Sicher."

„Nicht Kowalski?"

„Wer ist denn das?" Freddy fragte entrüstet und so aufgesetzt, daß Randy ihm ansah, wie er log.

„Leo Kowalski ist der Dicke im Ringelhemd. Er hockt an der Geisterbahn, verkauft Karten und bekommt manchmal einen falschen Zwanziger gereicht. Kennst du ihn jetzt?"

„Vielleicht habe ich ihn mal gesehen."

„Und wer gibt dir die Blüten?"

„Die pflücke ich von einer Blume ab." Freddy hatte sich wieder gefangen. Er lief sogar rot an. Voller Wut zischte er Randy ein nicht druckreifes Schimpfwort entgegen. Dann wirbelte er herum. Eine sehr gekonnte und schnelle Bewegung, mit der auch Turbo nicht gerechnet hatte. Er spürte Freddys Ellbogenspitze gegen sein rechtes Handgelenk schlagen. Noch in der gleichen Sekunde erwischte ihn ein Schlag mit der flachen Hand, der ihn auf die Bahn schleuderte.

„Turbo, paß auf!"

Randys Warnung kam zu spät. Turbo fiel zwar nicht, er torkelte jedoch zwei fahrenden Wagen in den Weg, die ihn an den Beinen erwischten. Durch den Stoß kippte er nach vorn auf einen der Wagen und deren Fahrer zu, die große Augen bekamen.

„Von der Bahn weg!" schrie der zweite Helfer und setzte sich in Bewegung. Er war flink wie ein Wiesel, tänzelte an den rollenden und kreisenden Fahrzeugen vorbei und erreichte Turbo, als dieser sich wieder aufrichten wollte.

Hart packte der Helfer zu. „Mann, du hast wohl einen Riß im Gehirn. Wie kann man nur so dämlich sein und mitten in den Fahrbetrieb laufen. Hau ab, Mensch."

„Ja, schon gut. Ist ja alles okay. Ich habe mir nichts gebrochen. Tut mir leid."

„Laß dich hier nie wieder blicken!"

Turbo sprang auf den höher liegenden Rand zurück. Fremde starrten ihn an. Einer fragte: „Bist du breit, Mensch?"

Turbo winkte ab. Er hatte seinen Freund Randy gesehen, der einige Meter entfernt wartete.

„Wo ist denn Freddy?"

„Abgehauen."

„Mist."

Randy hob die Schultern. „Ich konnte nichts machen. Der hat uns aber am Kieker."

„Wieso?"

„Bevor er sich verzog, hat er mich angesehen, als wollte er mich ins Jenseits schicken."

Turbo bückte sich und betastete seine Knie.

„Schmerzen?"

Er rieb weiter. „Sie lassen sich aushalten. Ich habe damit nicht gerechnet."

„Vielleicht hast du mit dem Finger gezuckt."

„Kann auch sein."

Randy schaute sich um und hob die Schultern. „Es sieht jedenfalls nicht so gut aus, finde ich."

„Ja, der Punker kann jetzt die Leute warnen, die hinter ihm stehen, das ist doch klar."

„Und weiter?"

„Wenn die Bescheid wissen, daß wir einen Verdacht haben..." Turbo verzog das Gesicht, als hätte er in eine Zitrone gebissen. „Könnte es gewaltigen Ärger für uns geben. Wie hat der Kommissar noch gesagt? Blüten-Gangster sind keine Betschwestern."

„Da hat er recht."

„Willst du Herrn Hartmann anrufen?"

Randy verzog das Gesicht. „Ich bin mir noch unschlüssig. Ich weiß nicht, ob es Sinn hat."

„Wieso? Wir kennen doch jetzt seinen Namen!"

„Na und? Der Kerl streitet doch alles ab."

„Kann sein." Turbo malte mit der Kappe seines Schuhs einen Halbkreis in den Lehm, wo mal Rasen gewesen war.

„Man müßte wissen, wer hinter ihm steckt", sagte Randy. „Wenn wir das herausfinden könnten und danach dem Kommissar Bescheid geben, sind wir fein raus."

„Klar, und wer könnte dahinterstecken?"

„Ich weiß es nicht."

„Hast du auch keinen Verdacht?"

„Nicht direkt. Ich denke nur an das komische Gefühl, das du gestern gehabt hast."

„Wann?"

„Bei diesem Teufel und dem Kowalski, verstehst du?"

„Ach so, ja, die hatte ich schon vergessen. Denen traue ich nicht über den Weg, obwohl Kowalski die Polizei geholt hat. Der Teufel hatte einen sagenhaften Spaß, als man uns abführte."

„Das heißt also, daß wir der Geisterbahn einen zweiten Besuch abstatten müssen."

„So ist es."

Turbo war skeptisch. „Und du glaubst tatsächlich, daß dir dieser Kowalski Rede und Antwort steht?"

„Nein, das nicht."

„Was willst du dann?"

„Vielleicht können wir Beweise sammeln. Wir schauen uns dort mal um. Mehr nicht. Wenn es nichts bringt, haben wir Pech gehabt."

„Wann habt ihr Pech gehabt?" lautete die Gegenfrage von Michaela, die den letzten Satz mitbekommen hatte.

Randy verdrehte die Augen. „Jetzt haben wir Pech, daß wir euch bei uns sehen."

„Ist der aber blöde", sagte Cori, die neben Ela Schröder stand. „Und mit so etwas gehst du?"

„Ich gehe nicht mit ihm."

„Da hast du ausnahmsweise mal recht", erklärte Randy. „Was wollt ihr eigentlich von uns?"

„Wir haben gesehen, daß Turbo sich auf der Bahn tummelte. Dann habt ihr noch mit so einem komischen Typ gesprochen."

„Das war Freddy, der Ringer."

„Und was wolltet ihr von ihm?"

„Karten für seinen nächsten Kampf."

Ela tippte gegen ihre Stirn. „Du bist unmöglich, Randolph Ritter. Weißt du was? Ihr beide könnt uns gestohlen bleiben. Tschau denn." Ela drehte sich um, hakte sich bei Cori ein und zog mit ihr davon.

„Die hast du aber beleidigt", sagte Turbo.

„Was hätte ich denn machen sollen? Wenn sie allein gewesen wäre, hätten wir ihr einiges erklären können, aber nicht, wo diese komische Freundin dabei ist."

„Deine Sache."

Randy schaute auf die Uhr. „Ich glaube, wir gehen jetzt."

„Bleibt es denn bei der Geisterbahn?"

„Klar doch. Die schauen wir uns von hinten an. Wir schleichen um sie herum."

„Und was willst du finden?"

Randy grinste. „Zumindest diesen Punker. Ich bin mir fast sicher, daß er sich nahe der Bahn herumdrückt. Der kann gar nicht anders."

„Und sein Job am Scooter?"

„Gelogen."

Es war mittlerweile später Nachmittag geworden. Noch immer stand die Sonne am Himmel, von Westen her schoben sich dunklere Wolkenbänke heran. Sie wirkten wie graue, breite Bänder. Der Wetterbericht hatte von Gewittern gesprochen, die sich am Abend entladen konnten. Es war auch schwül und stickig geworden.

Ein Regenguß wäre nicht schlecht gewesen. Der Boden war trocken. Die Schuhe der unzähligen Besucher wirbelten Staub auf. Manchmal wehte er nebelartig in den Duft der Bratwurstbuden hinein.

Die Geräuschkulisse riß nie ab. Das Heulen, Pfeifen und Schmettern irgendwelcher Klänge schwebte wie eine Glocke über dem Rummel. Von allen Seiten dröhnten Musikfetzen, vermischten sich miteinander und waren kaum noch voneinander zu trennen.

Beide Freunde hatten einen Bogen geschlagen. An einem aus Spiegeln bestehenden Irrgarten sahen sie noch einmal Ela und Cori. Obwohl Michaela die Freunde entdeckt hatte, schaute sie stur geradeaus. Nur Corinna lächelte sie katzig an. Wahrscheinlich freute sie sich über den Keil zwischen Ela und Randy.

„Willst du sie nicht noch mal ansprechen?“ Turbo versuchte Frieden zu stiften.

Randy blieb stehen. Er wollte es tun, aber Ela hatte schon die Karten gekauft und wurde auf den schmalen Eingang des Irrgartens zu geschoben. Sie warf trotzdem einen Blick zurück.

Als Randy lächelte, tat sie es auch.

Turbo freute sich. „Die ersten Schritte sind schon getan worden. Bei uns in Japan sagt man: Ein Lächeln ist immer besser als der Griff an die Waffe.“

„Das stimmt.“

Die Jungen änderten ihren Plan. Obwohl sie es eigentlich nicht vorgehabt hatten, gingen sie an der Frontseite der Geisterbahn entlang. Zudem wollten sie noch einen Blick in das Kassenhäuschen werfen und sich Kowalski ansehen.

„Den hast du gefressen, wie?“

„Und ob.“ Randy nickte.

Die Schlange der Besucher war noch länger geworden. Um diese Zeit strömten bereits die Berufstätigen auf den Rummel, um ihren Spaß zu bekommen. Jetzt begann das große Geld zu rollen. Der Umsatz der Schausteller stieg um einiges, und so war es auch an der Geisterbahn.

„Er ist nicht mehr da!“ Randy hatte sich auf die Zehenspitzen gestellt und einen Blick über die Köpfe der Wartenden geworfen.

„Und wer sitzt da?“

„Eine Frau, meine ich.“

Sie gingen näher an ihr Ziel. Im schrägen Winkel blieben sie stehen. Die feuerroten Haare der Frau leuchteten wie eine stehende Flamme hinter der Glasscheibe.

Turbo und Randy schoben sich außen an der Warteschlange vorbei, wurden angemotzt und davor gewarnt, sich vorzudrängeln.

„Keine Sorge“, sagte Randy. „Wir fürchten uns vor Geistern.“

Nun konnten sie die Person im Kassenhäuschen besser erkennen. Sie war tatsächlich sehr auffallend. Nicht allein von der Haarfarbe her, das Kleid zeigte ein giftiges Grün. Der Stoff schillerte so glänzend, als wäre er mit Lack eingesprüht worden. Das Gesicht war stark geschminkt, ihre Lippen ebenfalls.

„Ob das seine Frau ist?“ fragte Randy.

„Jedenfalls paßt sie von der Figur her gut zu dem Dicken.“

„Stimmt genau.“

Sie passierten das Kassenhaus und blieben dann stehen. „Dir brennt doch was auf der Seele“, sagte Turbo.

„Richtig. Ich frage mich nämlich, weshalb der Dicke nicht mehr die Karten verkauft.“

„Er kann Feierabend haben und ist von seiner Frau abgelöst worden. Ganz einfach.“

„Im Prinzip ja.“

„Aber du glaubst nicht daran.“

„So ist es.“

„Was ist deine Meinung?“

„Kowalski hat etwas vor. Vielleicht ist er auch von Freddy, dem Ringer, gewarnt worden.“

Turbo holte tief Luft und verzog das Gesicht. „Das ist eine Theorie, Junge.“

„Ja, ich weiß. Sie ist weit hergeholt. Aber muß sie deswegen auch falsch sein?“

„Wir müßten ihn nur finden.“

„Eben.“

„Wo leben denn die Schausteller?“

„Immer noch in Wohnwagen wie früher. Soviel ich weiß, stehen die am Rand der großen Zirkuswiese.“ Randy hob die Schultern. „Da können wir lange suchen, bis wir den Wagen gefunden haben.“

„Also Essig.“

„Sieht so aus.“

„Wie wäre es denn“, sagte Turbo nach einigem Überlegen, „wenn wir uns um den Teufel kümmerten? Nicht unübel – oder?“

„Dazu müßten wir in die Bahn.“

„Von der Rückseite.“

„Traust du dich?“

Turbo zuckte die Achseln. „Ich weiß nicht so recht. Wenn die Tür verschlossen ist und wir sie aufbrechen, machen wir uns doch strafbar.“

„Soweit gehe ich nicht.“

Die beiden umgingen das Kassenhaus, wo die rothaarige Frau ohne Pause kassierte und Karten ausgab. Die war voll im Streß.

An der Rückseite der Geisterbahn sah es ziemlich traurig aus. Keine bunten Fassaden mehr, sie glich eher einem Bretterverschlag, der aus rohen Holzstücken zusammengezimmert worden war.

Fenster entdeckten sie nicht. Eine Tür erst bei genauem Hinsehen, da sie sich kaum von der übrigen Fassade abhob.

Randy und Turbo hatten Glück. Der Rückseite gegenüber standen keine weiteren Fahrgeschäfte oder Karussells, dafür sahen sie mehrere Wagen dort abgestellt.

Auch die Schausteller zogen nicht mehr mit Pferd und Wagen umher. Wer heute unterwegs war, der lebte in einem Wohnmobil.

Turbo stieß seinen Freund in die Seite. „Da, schau dir den weißen Wagen an. Was steht da aufgepinselt?“

„Kowalskis Geisterbahn.“

Turbo lief bereits los. Er hatte nach wenigen Schritten die Seitenwand erreicht und duckte sich unter einem der breiten Fenster zusammen.

Als er winkte, eilte auch Randy zu ihm.

Beide standen plötzlich unter einer fieberhaften Spannung. Sie hatten das Gefühl, als würde bald etwas passieren. Als sie ihre Ohren gegen das Metall drückten, waren keine Stimmen zu hören. Die Isolierung schluckte alles.

Dafür lagen die Fenster in günstiger Höhe. Turbo streckte den Finger hoch und deutete auf eine Scheibe. „Du bist lang genug, Randy, versuche es.“ Der Junge aus Japan hatte seine Stimme zu einem Flüstern gesenkt.

„Wen soll ich da sehen?“

„Weiß ich doch nicht.“

„Okay, deck mir den Rücken.“

Randy brauchte sich nicht einmal auf die Zehenspitzen zu stellen, um durch das Fenster schauen zu können.

Er ging dabei sehr behutsam zu Werke. Von der linken Fensterecke her peilte er durch die Scheibe und versuchte, etwas zu erkennen. Da das Fenster einmal dringend hätte gereinigt werden müssen, war es für ihn ein Problem, Einzelheiten auszumachen, zudem innerhalb des Wohnmobils kein Licht brannte.

Er schaute nach rechts, weil dort ein Tisch stand. Nicht sehr groß, dafür festgeschraubt.

Am Tisch saßen zwei Personen.

Einer war Leo Kowalski. Er trug noch immer sein Ringelhemd. Neben ihm stand eine Flasche Schnaps, aus der er gerade einen langen Schluck nahm, die Flasche abstellte und auf sein Gegenüber starrte.

Es war ebenfalls ein Bekannter der Jungen.

Freddy, der Ringer!

Und er war dabei, Leo Kowalski ein dickes Bündel Geld zu überreichen. Alles Zehnmarkscheine...

# Erwischt

Randy Ritter zuckte so heftig zurück, daß er Turbo dabei auf den rechten Fuß trat.

„Mann, bist du . . .“

Randy riß Turbo mit zur Seite. Erst am Heck des Wagens blieb er wieder stehen. Seine Stimme klang aufgeregt, als er flüsterte: „Ich habe die Kerle gesehen.“

„Kowalski und . . .“

„Ja, er und Freddy.“ Randy nickte heftig. „Die beiden hockten zusammen. Freddy war dabei, Leo Kowalski Geld zu überreichen. Alles blaue Zehnmarkscheine.“

„Das eingetauschte Geld.“

„So ist es.“

„Dann arbeiten Kowalski und Freddy also zusammen.“ Turbo konnte es nicht fassen. Er schlug auf seine Oberschenkel. „Mein Gefühl hat mich nicht getrogen. Ich habe es irgendwie gewußt, Randy.“

„Stimmt. Wo ist der Sinn?“

„Wie meinst du?“

„Weshalb hat Kowalski dann so ein Theater gemacht und die Polizei alarmiert, als wir mit einem falschen Schein bezahlt haben. Kannst du mir das sagen?“

„Keine Ahnung.“

Randy überlegte. „Jetzt müssen wir einen Weg finden, wie wir die Kerle schnappen können.“

„Wir?“

„Ich meine die Polizei. Wir haben sie gesehen und . . .“

„Es ist nicht strafbar, Randy, wenn ein Punker einem Geisterbahn-Besitzer Geld überreicht.“

„Du hast recht.“ Randy schluckte. „Dann fehlen uns wieder einmal die Beweise.“

„Genau.“

Randy schaute gegen den Himmel. „Eigentlich ist es noch zu früh, die Polizei zu alarmieren. Ich habe Kommissar Hartmann versprochen, anzurufen. Wenn ich das jetzt tue, habe ich das Gefühl, mich lächerlich zu machen.“

„Was willst du statt dessen machen?“

„Das ist eben die Frage. Auf eigene Faust können wir nichts versuchen. Wenn wir Kowalski zur Rede stellen, wird der uns die Ohren bis über den Kopf langziehen.“

„Das glaube ich auch, Freunde!“

Eine kalte, hämische Stimme war hinter ihnen aufgeklungen. Sie drehten sich um und schauten genau in das Gesicht des Teufels. Er trug noch immer sein Kostüm und den schwarzen Umhang darüber. Geschminkt war er ebenfalls. Nur eine Kleinigkeit unterschied ihn von seinem gestrigen Aufzug.

In der rechten Hand hielt er eine Pistole, deren Mündung auf die beiden Jungen zeigte ...

Randy und Turbo wurden wachsbleich. Um sich Vorwürfe zu machen, war jetzt nicht die richtige Zeit. Sie hätten eben vorsichtiger sein sollen, aber man konnte die Augen nicht überall haben.

Steif wie Salzsäulen standen die Jungen nebeneinander, während der Teufel näher kam.

Die Waffe in seiner Hand war Drohung genug. Er brauchte nichts weiter zu sagen.

Das geschminkte Gesicht verzog sich zu einem häßlichen Grinsen. „Endlich habe ich euch. Ich wußte doch, daß wir uns noch einmal wiedersehen. Ihr seid mir gestern schon aufgefallen. Diesmal entwischt ihr nicht mehr. Ich habe euch beobachtet. Manchmal kann Neugierde sehr sehr schlecht sein. Besonders dann, wenn man durch fremde Fenster schaut und Dinge sieht, die einen nichts angehen.“

„Wir haben nichts gesehen“, erklärte Randy mit fester Stimme.

„Tatsächlich nicht?“

„Nein!“

Das Grinsen blieb. „Ihr gestattet doch, daß ich mich mit euch zusammen davon überzeuge. Deshalb werdet ihr jetzt vor mir hergehen, damit wir gemeinsam den Wagen betreten können. Alles kapiert?“

Randy und Turbo nickten.

„Du zuerst." Die Mündung stach vor und zeigte auf Randy. „Geh an dieser Seite entlang und dreh dich am Fahrerhaus nach links. Da findest du auch den Eingang. Die Hände brauchst du nicht hochzuheben. Du hast auch so keine Chance."

Randy ging. Seine Knie zitterten. Als er zwei Schritte hinter sich gebracht hatte, drehte sich Turbo um. Er folgte seinem Freund. Auch Turbo war bleich geworden.

Das Wohnmobil besaß zwei Einstiege. Einer davon lag am Fahrerhaus, der zweite in der Mitte des Wagens, aber an der gegenüberliegenden Seite. Die Jungen mußten auf das Fahrerhaus zugehen und dort starr stehenbleiben. Der Teufel klopfte in einem bestimmten Rhythmus gegen die Tür.

Sie hörten die Schritte, dann wurde diese geöffnet, und Leo Kowalski starrte sie an.

Er war perplex. Diesmal konnten die Jungen sogar seine Augen sehen, so weit riß er sie auf. Wie ein fetter Kloß stand er in der Tür und sah aus wie eingeklemmt.

„Ihr?" keuchte er.

„Ja, Besuch für dich, Leo."

Kowalski mußte lachen. „Dabei haben wir noch von euch gesprochen. Ich finde es gut, daß ihr mich besucht."

„Wenn auch nicht ganz freiwillig!" erklärte der Teufel und ließ seine Waffe sehen.

„Das kann ich mir denken." Kowalski trat zurück und gab somit die Tür frei. „Kommt mal rein, ihr Neugierigen. Ihr werdet euch sicherlich wohl fühlen. Los, macht schon!" fuhr er die Jungen scharf an.

Randy betrat das Wohnmobil als erster. Er mußte sich nach links wenden, rechts befand sich das integrierte Fahrerhaus.

Randy sah den Tisch, an dem nur mehr Freddy, der Ringer, hockte und ihn anstarrte, als wäre er frisch vom Mond auf die Erde gekommen. Einbauschränke verengten den Gang, der erst dort breiter wurde, wo Freddy saß. Hinter dem Tisch, der ebenso festgeschraubt worden war wie die Sitzmöbel, teilte ein dunkler Vorhang das hintere Drittel des Wohnmobils ab.

Freddy blieb sitzen, als wäre er angeleimt worden. Sein Ge-

sicht zeigte noch immer den erstaunt-dümmlichen Ausdruck. „Ich... ich spinne doch wohl“, flüsterte er. „Das kann einfach nicht wahr sein. Hat euch die Warnung am Scooter nicht gereicht.“

„Anscheinend nicht“, erklärte der Teufel. „Ich habe sie draußen aufgelesen. Sie hatten euch schon beobachtet.“

Freddys Augen nahmen einen kalten Glanz an. „Das finde ich überhaupt nicht gut“, sagte er leise. „Das ist sogar mehr als schlecht für euch, Freunde.“

„Ja, sie haben wahrscheinlich zu viel gesehen!“ meldete sich Kowalski aus dem Hintergrund. Dann wandte er sich an den Teufel. „Du verschwindest jetzt und hältst weiterhin die Augen offen. Es kann ja sein, daß die beiden nicht allein gewesen sind. Jede verdächtige Bewegung nahe dem Wagen meldest du sofort. Und sag auch Lisa an der Kasse Bescheid, daß deine restlichen Auftritte heute ausfallen.“

„Mach ich, Leo, mach ich." Der Teufel drehte sich und verschwand durch die Fahrertür. Er schlug sie sehr hart zu, Randy hatte das Gefühl, als wäre ein Sargdeckel zugefallen.

Hinter ihnen stand Kowalski. Allein durch seine Körpermasse versperrte er ihnen den Weg. Flucht hatte keinen Sinn. Sie wären niemals rausgekommen. Randy spürte das weiche Gefühl in den Knien und den Schweiß auf seiner Stirn. Jetzt hatte er Angst.

Blüten-Gangster sind keine Betschwestern, hatte Kommissar Becker gesagt. Genau das bekamen sie nun zu spüren.

Kowalski streckte seinen dicken Arm vor und drückte die Faust in Turbos Rücken, so daß der Junge vorstolperte und gegen seinen deutschen Freund prallte.

„Los, ihr dürft euch sogar setzen!" Er nickte Freddy zu. „Du, mach mal Platz!"

Freddy rutschte zwischen Stuhl und Tisch hervor. „Wo soll ich denn hin?"

„Hol mal die Klebebänder."

Der Punker grinste. „Nichts lieber als das."

Turbo und Randy warfen sich einen vielsagenden Blick zu. Sie hatten bereits verstanden. Alles sah danach aus, als sollten sie gefesselt werden. Randy schielte zur Seitentür. Er überlegte, ob er es einfach riskieren sollte. Momentan bedrohte ihn niemand mit der Waffe.

Kowalski hatte den Blick bemerkt. „Gib dir keine Mühe, Bursche. Die Tür ist verschlossen. Da kommst du nicht raus."

„Wieso? Ich wollte ..."

„Setz dich, verdammt. Und du auch, Japaner!"

Die Freunde nahmen Platz. Sie bibberten beide innerlich und hatten eine so trockene Kehle bekommen, daß sie kaum sprechen konnten. Die Haut auf Randys Rücken spannte sich. Turbo erging es ebenso. Starr schaute er auf die Tischplatte, auf die beide Jungen ihre Hände flach legen mußten.

Kowalski blieb stehen. Von unten aus gesehen wirkte er wie ein Fleischgebirge. Daß er stark schwitzte, rochen die Jungen.

Der Dicke stellte die erste Frage: „Weshalb habt ihr hier herumgeschnüffelt."

„Wir haben nicht geschnüffelt!“ behauptete Randy. Bei dieser Antwort war ihm gar nicht wohl zumute.

Kowalskis Mund zuckte. „Lügen willst du auch noch?“ Er hob seinen Arm und ballte die Hand zur Faust. „Möchtest du die zu schmecken bekommen, Junge?“

„Nein!“

„Dann sag endlich die Wahrheit!“

„Man hat uns reingelegt!“

„Ja, das weiß ich."

„Und Sie haben die Polizei alarmiert."

Kowalski grinste schmierig. „Das mußte ich schließlich." Er nickte sich selbst zu. „Die Bullen sind aufmerksam geworden. Sie haben hier in der Nähe herumgeschnüffelt. Ich weiß nicht, ob sie mich in Verdacht hatten, jedenfalls habe ich mich mit diesem Trick von einem möglichen Verdacht befreit."

„Nicht bei uns!" sagte Turbo.

„Das habe ich gemerkt. Wie seid ihr auf mich gekommen?"

„Wir trauten Freddy nicht. Da haben wir ihn gesucht und gefunden."

Kowalski legte die Stirn in Falten. „Freddy ist einfach zu auffällig, das habe ich ihm schon immer gesagt. Aber er hört ja nicht. Ich werde demnächst deutlicher zu ihm werden."

Der Punker erschien wie aufs Stichwort. In beiden Händen hielt er die hellen Stricke. Er hatte auch eine Rolle mit braunem Klebeband mitgebracht. Es war klar, was er damit wollte.

„Seid ihr eigentlich erkältet?" fragte Leo.

„Nein!"

„Dann habt ihr Glück gehabt." Er wies auf Freddy. „Der wird euch die Mäuler verkleben."

Randy schluckte. Heiße und kalte Schauer rannen abwechselnd über seinen Rücken. Auch Turbo ging es nicht gut. Er war sehr blaß geworden, doch einen Ausweg gab es für sie nicht.

Dennoch raffte Randy allen Mut zusammen, als er sagte: „So einfach ist es für Sie auch nicht, Herr Kowalski."

„Wieso denn?"

„Man weiß, wo wir uns befinden."

„Ach? Tatsächlich? Wer denn?"

„Kommissar Becker und Kommissar Hartmann. Wenn wir uns zu einer bestimmten Zeit nicht bei einem von ihnen gemeldet haben, werden die Männer hier mit einem Polizeiaufgebot erscheinen und Ihre Bude auseinandernehmen. Das haben wir so abgemacht. Stimmt's, Turbo?"

„Klar!"

Leo Kowalski war für einen Moment unsicher geworden,

weil Randy so überzeugend gesprochen hatte. Dann drehte er den Kopf und schaute Freddy an. „Glaubst du ihnen?"

„Die bluffen doch, Leo. Laß dich von den Spinnern nur nicht einmachen."

„Das glaube ich auch."

„Wollen Sie das Risiko wirklich eingehen?"

„Ja, das gehe ich ein!"

Randy schluckte. Er wußte nicht, wie sie noch argumentieren sollten. Kowalski war sich seiner Sache zu sicher. Das bewies auch seine Haltung. Er kam sich vor wie der große King und schaute verächtlich auf die Jungen.

„Trotzdem muß ich euch ein Kompliment machen. Durch eure Neugierde habt ihr einfach zu viel gesehen. Wie war das denn, als ihr durch das Fenster geschaut habt?"

„Nichts."

Randy hatte geantwortet und wurde von Freddy scharf angestiert. „Du lügst doch. Er muß gesehen haben, Leo, wie ich dir die Scheine übergab."

„Das glaube ich inzwischen auch."

„Aber das ist nicht strafbar!" kicherte Freddy.

„Jedenfalls habe ich mit dir später auch noch ein gewisses Wörtchen zu reden!"

„Weshalb?"

„Du wirst zum Risiko!"

„Und die beiden da nicht?" schrie Freddy.

„Doch, das sind sie schon. Ich werde auch die entsprechenden Maßnahmen ergreifen", erklärte Kowalski und grinste die Freunde dabei an. „Ihr habt euch einen Sdhritt zu weit vorgewagt."

Trotz seiner Furcht drehten sich Randys Gedanken um das Falschgeld. Deshalb fragte er: „Woher bekommen Sie die Blüten?"

Kowalski staunte ihn an. „Das interessiert dich?"

„Ja."

„Ich habe sie mir gemalt, verdammt. Keine Auskünfte, mein Junge. Das ist nicht eure Sache."

„Ich meinte ja nur."

„Bald wirst du nichts mehr meinen."

„Und was haben Sie mit uns vor?" fragte Turbo mit zitternder Stimme.

Leo Kowalski rieb seine Hände. „Ja", sagte er, „was habe ich denn mit euch so alles vor? Ihr seid doch so schlau. Könnt ihr euch das nicht denken?"

Sie schwiegen.

Kowalski fuhr fort. „Hinter mir steht Freddy. Er wird euch zunächst einmal verschnüren. So wie im Kino. Danach warten wir ab, bis es dunkel geworden ist und der Rummel hier schließt. Dann kommen Freddy, der Teufel und ich zurück. Bis dahin haben wir entschieden, was mit euch passieren wird. Alles klar?"

Die Jungen gaben keine Antwort. Kowalski aber gab durch eine herrische Bewegung Freddy gegenüber zu erkennen, daß er endlich mit dem Verschnüren der beiden beginnen sollte.

Turbo saß Freddy am nächsten, deshalb war er auch als erster an der Reihe. „Wenn du dich bewegst, mache ich dich fertig!" versprach Freddy.

„Keine Sorge. Ich sitze still."

„Wie schön."

Freddy verstand sein Fach. Er ließ sich nicht aus der Ruhe bringen. Kowalski schaute zu, wie er Turbos Arme auf den Rücken zerrte. Um die Hände zu fesseln, umwickelte er die Gelenke dreimal und verknotete die beiden Strickenden.

„Das reicht!" verkündete er stolz.

„Du bist dir sicher?" fragte Leo.

„Und wie." Freddy nahm das andere Seil und kümmerte sich um Randy. „Bei dir macht es mir besonders viel Spaß!" flüsterte er dem Jungen ins Ohr, der wenig später ebenso gebunden war wie Turbo.

Kowalski zeigte sich zufrieden. Er kontrollierte die Stricke und lobte Freddy. „Gut gemacht."

„Darin bin ich Spezialist."

Leo Kowalski nickte den Freunden knapp zu. „Und es ist euer Pech, daß ihr die Schnüffelei nicht beendet habt." Er schaute auf seine protzige Uhr. „Wir werden euch jetzt allein

lassen und kommen bei Dunkelheit zurück. Bis dahin haben wir entschieden, wie es mit euch weitergeht. Aber macht euch nicht zu viele Hoffnungen."

Randy mußte sich überwinden, um die nächste Frage stellen zu können. „Wollen Sie uns töten?"

Kowalski hob nur die Schultern. Eine konkrete Antwort gab er nicht. So blieb die Ungewißheit, in der die Freunde steckten.

„Können wir gehen?" fragte Freddy. „Ich kann die Typen nämlich nicht mehr sehen."

„Du hast noch etwas vergessen!"

„Wieso?“

Kowalski wurde sauer. „Sollen die Kerle die ganze Umgebung zusammenschreien?“

„Ach so – ja.“ Freddy schlug gegen seine Stirn. „Stimmt, wir müssen ihnen noch das Maul stopfen.“ Er rieb seine Hände, bevor er die breite Kleberolle hochnahm. „Da sie ja nicht erkältet sind, ist es halb so schlimm.“ Mit einer ruckartigen Bewegung riß er ein langes Stück Klebeband ab. Das ratschende Geräusch erklang in der lastenden Stille doppelt so laut. Turbo und Randy bekamen eine Gänsehaut.

Freddy erledigte alles. Er trat dicht an sie heran, bückte sich und verschloß ihnen mit dem Klebeband die Lippen. „Durch die Nase könnt ihr noch atmen.“

„Ja, ja, das schaffen sie schon.“ Kowalski hatte es eilig.

Freddy winkte ihnen beim Hinausgehen zu. „Viel Spaß wünsche ich euch. Und laßt euch die Zeit nicht zu lang werden.“ Dann verschwand er durch die Fahrertür.

Randy und Turbo blieben gefesselt und geknebelt auf den Stühlen hocken. Beide hörten genau, wie die Tür von außen abgeschlossen wurde. Ab jetzt saßen sie in einem Sarg auf Rädern...

# Michaelas Umkehr

Ela Schröder fühlte sich überhaupt nicht wohl. Zwar stritt sie sich gern mit ihrem Freund Randy, aber so wie vor einer Viertelstunde hatte sie ihn noch nie abfahren lassen und umgekehrt auch nicht. Im Gedächtnis allein blieb ihr das letzte Lächeln, das sie sich gegenseitig zugeschickt hatten.

Es war so etwas wie ein Hoffnungsschimmer gewesen, auf den Ela auch baute.

Ihre Freundin Corinna verstand sie nicht. Sie standen zusammen auf dem Holzpodest an einem schon klassischen Karussell, der Raupe, und schauten zu, wie die Wagen mit immer höherer Geschwindigkeit in den Kreis hineinjagten.

Ela und Cori lehnten an dem schrägen Geländer. Michaela war schon die ganze Zeit verhältnismäßig still geblieben, was Corinna natürlich auffiel.

Sie stieß Ela an. „He, träumst du?"

„Kann sein."

„Doch nicht von Randy."

„Vielleicht."

Cori lachte. „Das ist doch ein Schaltermann. Der hat dich hängen lassen, Ela – echt."

„Ich weiß nicht."

„Doch – glaub mir."

„Aber ich war auch nicht gerade nett zu ihm."

„Du hast doch nicht angefangen."

„Was spielt das noch für eine Rolle."

Cori stöhnte auf. „Verknallt, wie?"

„Quatsch. Mir hat dieser Abschied nur nicht gefallen. Außerdem muß ich immer an die Szene am Auto-Scooter denken. Was hatten die beiden nur mit diesem Punker gehabt?"

„Das ist mir egal."

„Mir aber nicht." Ela schnippte mit den Fingern. „Irgend etwas ist da falsch gelaufen."

„Was denn?"

„Kann ich nicht sagen. Randy ist sonst nicht so. Der hatte bestimmt Angst um mich."

Corinna hörte nicht zu. Sie hatte zwei Bekannte entdeckt und winkte ihnen zu. Es waren Jungen aus der Parallelklasse. Sie winkten nicht nur zurück, sie kamen auch zu den Mädchen.

„Ihr seid allein?"

„Klar doch."

„Sollen wir zusammen fahren?"

Cori sah den Sprecher an. Er wurde Bob genannt, war ein schlaksiger Typ mit viel Pomade im Haar. Eigentlich mochte Cori ihn nicht, sie hatte ihn nur angesprochen, um Ela zu ärgern.

„Gebt ihr eine Fahrt aus?“

„Immer.“

„Gut, ich fahre mit.“

„Und Ela?“

Die schaute hoch, als wäre sie soeben aus einem tiefen Traum erwacht. „Nein, ich nicht.“

„Feige?“

„Keinen Bock, Mensch“, fuhr sie Bob an und schlug ihm auf den Handrücken, als er sie anfassen wollte.

„Ja, ja, schon gut. Stellst dich an wie eine ...“ Ihm fehlte der passende Vergleich, deshalb drehte er sich um und deutete auf die Kasse. „Ich hole die Karten.“

„Und ich gehe mit“, sagte Cori.

Da sich Bobs Begleiter ebenfalls anschloß, blieb Michaela allein zurück, was ihr nicht einmal unangenehm war. Sie dachte darüber nach, wie sie die Sache mit Randy wieder in die Reihe bringen konnte.

Es stimmte schon. Er hatte sich ihr gegenüber mehr als ungewöhnlich benommen. Das mußte einfach einen Grund gehabt haben. Randy und Turbo hatten irgend etwas vor, das war klar. Deshalb waren sie auch allein auf die Kirmes gefahren und hatten Ela nicht Bescheid gesagt.

Die Raupe fuhr an.

Cori und die beiden Jungen hatten als letzte noch einen Platz erwischt. Zunächst rollten die Wagen langsam. Ela konnte Cori noch erkennen, die ihr zuwinkte und dabei strahlend lachte. Bob, der neben Corinna saß, hatte einen Arm um sie gelegt, was sich das Mädchen gefallen ließ. Ela war es egal.

Links von ihr, wo das Podest bis zum Boden hin reichte, war das Gitter unterbrochen, weil sich dort der Zugang zur Raupe befand. Immer mehr Menschen schoben sich näher.

Ein bunt gekleidetes Völkchen, das sich amüsieren wollte, und auch der Punker, mit dem Turbo und Randy zu tun gehabt hatten, erschien in Elas Blickfeld.

Er ließ sich von der Masse auf den Eingang der Raupe zutreiben, hatte die Daumen in den Gürtel gehakt und gab sich sehr, sehr lässig. Er hatte kaum einen Fuß auf die Holzbohlen gesetzt, da wandte er sich sogleich nach rechts, wo auch Michaela stand.

Sie schaute ihm entgegen.

Am Scooter hatte sie ihn gesehen. Nur wußte sie nicht, ob der Punker sie auch zuvor mit Randy und Turbo entdeckt hatte.

Freddy blieb stehen. Er hatte bemerkt, daß er angestarrt wurde. „Ist was?“ fragte er. „Oder willst du ein Foto?“

„Nein, nein, entschuldige.“

Er kam näher. Abschätzend betrachtete er Michaela. „Wir kennen uns doch nicht – oder?“

„Nein, wieso?“

Freddy grinste. „Kam mir aber so vor. Ich glaube, daß ich dich schon mal gesehen habe.“

Ela ging auf das Spiel ein. „Und wo soll das gewesen sein?“

„Keine Ahnung.“

„Na bitte.“

Freddy traf keinerlei Anstalten, seinen Platz zu verlassen. „Es fällt mir aber noch ein.“

„Dann überleg mal.“

„Werde nur nicht frech, Süße!“

„Du hast mich was gefragt, ich habe dir geantwortet, damit hat es sich.“ Demonstrativ schaute Michaela auf die Wagenschlange, über die sich ein Verdeck gebreitet hatte, so daß die Fahrgäste im Dunkeln hockten. Die schrillen Schreie klangen dumpfer und wurden des öfteren von lautem Lachen unterbrochen.

Das Verdeck öffnete sich wieder, die Raupe fuhr langsamer, um auszulaufen. Auch standen bereits die Passagiere für die nächste Fahrt sprungbereit.

„Jetzt weiß ich es wieder!“ sagte Freddy.

„Was?“

„Wo ich dich gesehen habe.“

„Gratuliere.“

Der Punker bekam Augen schmal wie Sicheln. „Das war an einem Auto-Scooter.“

„Stimmt, ich war mal dort.“

„Und nicht allein.“ Das Lauern in seiner Stimme warnte Michaela. Sie ließ sich nichts anmerken und erklärte: „Da kannst du recht haben, ich bin mit einer Freundin gekommen. Sie ist übrigens Raupe gefahren und zwei Schulkollegen von uns auch."

„Stimmt nicht!"

Ela lachte ihm ins Gesicht. „Und ob das stimmt. Du kannst sie sehen, wenn sie herauskommen." Sie schüttelte den Kopf. „Was willst du eigentlich von mir? Du bist nicht mein Typ."

„Das ist mir egal. Mir gehen nur nicht die beiden Macker aus dem Kopf, die vom Scooter."

Ela atmete tief durch. „Frag sie doch. Da kommen sie." Eigentlich war sie froh, daß Cori mit den Jungen zurückkam. Die unmittelbare Nähe des Punkers hinterließ auf ihrer Haut ein Frösteln.

Corinnas Augen leuchteten. Und sie lachte Ela entgegen. „Du, die Fahrt war einfach super. Das mußt du machen, Ela. Komm, wir..." Sie verstummte, weil sie den Punker gesehen hatte. „Kennst du den?"

„Nein."

Freddy zog die Nase hoch. Er nahm von Cori keine Notiz und starrte statt dessen die Jungen an. „Das sind sie aber nicht", meinte er.

„Wer soll das sein?" wunderte sich Corinna.

„Keine Ahnung", erklärte Ela.

Cori hatte immer ein großes Mundwerk. „Spinnst du?" fuhr sie den Punker an. „Mensch, such dir andere, die du anmachen kannst."

Freddy bekam ein böses Glitzern in den Augen. Es roch nach einer Schlägerei, da erreichte ihn ein scharfer Ruf, und er drehte den Kopf. Am Eingang der Raupe stand, schwer und fest wie ein Felsbrocken in der Brandung, Leo Kowalski.

„Komm her!" befahl dieser.

„Ihr habt Glück gehabt!" erklärte Freddy zischend und ließ die vier stehen.

Corinna atmete schnaufend. Sie putzte ihre schweißfeuchten Hände am Flatterrock ab. „Puh, das war aber einer."

Bob meinte: „Der hätte uns alle fertig gemacht."

„Glaube ich auch", gab Ela ihm recht. „Deshalb habe ich auch keine Lust, noch länger hier auf dem Rummel zu bleiben."

Cori zog ein enttäuschtes Gesicht. „Du willst schon gehen?"

„Ja."

„Nach Hause?" fragte Bob und lachte.

„Klar, und du kommst mit, Cori. Wir sind zusammen gekommen und gehen auch gemeinsam. Eine alte Regel, an die wir uns halten wollen. Schließlich weißt du selbst, daß es nicht ungefährlich für Mädchen ist..."

„Also dann, tschau." Cori hob die Hand und beschwerte sich, weil sie von Ela gezogen wurde. „Ja, ja, ich komme schon. Keine Panik auf der Titanic."

Erst außerhalb der Raupe ließ Ela ihre Begleiterin los. Cori rieb ihr Gelenk. „Sag mal, du hast wohl nicht alle Teller im Schrank! Was soll das überhaupt?"

„Ich kann nicht mehr bleiben."

„Wegen des Punkers?"

„Ja."

„Was hat er dir denn getan?"

„Nichts, noch nichts." Ela schaute ihre Freundin ernst an. „Aber irgendwas ist nicht in Ordnung."

„Sicher. Wenn ich so einen sehe..."

„Es geht hier nicht um uns. Meinetwegen kann und soll jeder leben wie er will. Es kann sich auch jeder die Haare schneiden und färben lassen und anziehen, was ihm Spaß macht. Ich habe nichts gegen Punker oder Rocker, wenn sie sich anständig benehmen und keine Leute zusammenschlagen. Aber mit dem da stimmte insofern nicht alles, als er sich nicht für mich interessierte..."

Cori lachte dazwischen. „Darüber bist du sauer?"

„Unsinn. Sei mal vernünftig. Nein, der interessierte sich für Randy und Turbo."

Jetzt war Corinna baff. „Kennt er die denn?"

„Wohl nicht gut genug. Aber die beiden hatten am Scooter eine kleine Auseinandersetzung mit ihm."

Cori ging einen Schritt zurück, hob die Arme und ließ sie

wieder fallen. „Ja, klar, jetzt erinnere ich mich wieder. Hat der Papagei nicht Turbo auf die Fahrfläche gestoßen?“

„So ist es.“

„Was wollte er jetzt von dir?“

„Mehr über die beiden wissen.“

„Das verstehe, wer will, ich nicht.“

„Ich auch noch nicht. Ich habe nur das Gefühl, daß einiges nicht richtig gelaufen ist.“

„Deshalb willst du nach Hause.“

„Auch.“

Sie waren inzwischen gegangen. Corinna hatte sich bei Ela eingehakt. „Willst du sonst noch wohin?“

„Ja, zu den Ritters.“

„Da muß ich aber nicht mit.“

„Nein.“

Die Mädchen hatten bereits den Rand des großen Geländes erreicht. Nur eine Steinwurfweite entfernt befand sich die Bushaltestelle, wo sie hinmußten.

Sie waren nicht die einzigen, die auf die Haltestelle zugingen. Im dichten Pulk näherten sich Besucher dem Platz. Viele von ihnen hatten etwas gewonnen und trugen diesen oft billigen Ramsch wie kostbare Trophäen. So etwas gehörte einfach dazu, da schaute man auch nicht auf den Pfennig, wenn man Lose kaufte.

Glücklicherweise fuhren gleich zwei Busse herbei und rollten in die dafür vorgesehene Parktasche. Nach dem großen Gedränge schafften es auch die Mädchen. Cori stieg mit mürrischem Gesicht vor Michaela ein. Einen Sitzplatz konnten sie nicht ergattern. Sie standen in der Gangmitte und atmeten auf, als der Bus endlich abfuhr.

Michaela Schröder warf noch einen letzten Blick auf die farbige und lärmerfüllte Kulisse, die der Rummel bot. Auch sie wurde davon stets fasziniert, an diesem frühen Abend allerdings spürte sie einen Klumpen Angst im Magen. Ela wurde einfach das Gefühl nicht los, daß sich Randy und Turbo zuviel vorgenommen hatten.

Der Bus stoppte in einer dichtbewohnten Siedlung. Diesmal

leerte er sich bis zur Hälfte. Die Mädchen mußten noch weiterfahren und bekamen auch Sitzplätze.

Die Reise führte am Rhein entlang. Zwar lag noch nicht die Dunkelheit über dem Land, dennoch hatten die Schiffer bereits ihre Positionsleuchten gesetzt. Die schweren Kähne glitten durchs Wasser wie fremdartige Sternenboote.

„Wie findest du denn Bob?" fragte Corinna. Sie strich dabei mit fünf gespreizten Fingern durch ihr lockiges Kraushaar.

„Ich weiß nicht so recht."

„Also dein Fall ist er nicht?"

„Nein."

„Ich überlege es mir auch. Der haut immer so auf den Putz. Der Größte und so, du weißt schon."

„Ja, die kenne ich."

„Und Randy ist anders?"

„Das kann man sagen."

Corinna reckte ihre Arme und ordnete die Flatterkleidung. „So, an der nächsten muß ich raus." Sie stand schon auf und schaute auf Elas dunklen Haarschopf. „Du rufst morgen an, falls sich was ergeben sollte?"

„Das verspreche ich."

„Bis morgen dann – tschau."

„Tschau, Cori."

Corinna stieg aus, winkte noch und schaute dem Bus hinterher, der die Strecke weiterfuhr.

Michaela blickte nach draußen. Sie sah schwach die Umrisse ihres Gesichts in der Scheibe. Auch ihre Augen malten sich dort ab. Hatten sie einen müden und deprimierten Ausdruck bekommen? Auch war ihre Unruhe gewachsen. Sie rutschte auf dem Kunststoff des Sitzes hin und her. Die Fahrtzeit kam ihr plötzlich doppelt so lang wie gewöhnlich vor.

Noch zwei Haltestellen mußte sie fahren. Zum Glück blieb sie ungestört, der ältere Mann mit der Schnapsfahne, der vorhin eingestiegen war, nahm hinter ihr Platz.

Endlich rollte der Bus aus. Da stand Ela schon an der Tür, hatte den Signalknopf gedrückt und sprang ins Freie, kaum daß die Türen völlig offen waren.

Tief atmete sie durch. Hier war die Luft wesentlich besser und frischer als auf dem Rummel. Bis zum Haus der Ritters mußte sie noch laufen. Sie ging mit schnellen Schritten und sah schon bald das Licht wie einen fernen Glanz durch die Lücken in den Zweigen und Ästen der Bäume schimmern.

Von der Straße her führte ein schmaler Weg zum Haus. Die Ritters hatten ihn anlegen lassen. Über der Tür brannte die Außenleuchte. Sie streute ihr Licht bis hinauf in das Blattwerk der Bäume, das dadurch golden funkelte.

Frau Ritter kehrte vor dem Haus Laub zusammen. Als sie Elas Schritte hörte, schaute sie auf und lehnte den Reisigbesen gegen die Wand. Sie bekam große Augen, wischte die Hände an den Hosenbeinen der Jeans ab und schüttelte den Kopf. „Du hier, Ela?“

„Ja.“

„Hast du dich nicht mit Randy und Turbo getroffen?“

„Das schon, aber...“ Sie hob die Schultern.

Marion Ritter krauste die Stirn. „Ist etwas passiert, Michaela?“

„Das weiß ich nicht so genau, Frau Ritter. Ich... ich habe nur ein komisches Gefühl.“

„Komm erst mal rein, Kind.“

„Ja, danke.“ Michaela fühlte sich erleichtert, als sie das Haus der Ritters betrat. Für sie hatte das schloßartige Bauwerk nichts Bedrohliches an sich, wie es von manchen Besuchern empfunden wurde. Michaelas Meinung nach strahlte es Wärme und Geborgenheit aus.

„Hast du Hunger?“ fragte Frau Ritter.

„Auch Durst.“

„Gut, warte.“

Ela bekam noch etwas von dem Streuselkuchen. Dazu trank sie Saft. Frau Ritter hatte ihr gegenüber Platz genommen und wartete, bis Michaela das Stück Kuchen gegessen hatte.

„Nimm noch eins, Kind.“

„Nein, bitte nicht.“ Sie hob abwehrend beide Hände. „Ich bin ja nicht hergekommen, um zu essen.“

„Sondern?“

„Es geht eigentlich um Randy."

„Das habe ich mir gedacht, Ela. Du hast die beiden also auf dem Rummel getroffen?"

„Ja, und dabei ist mir etwas Seltsames passiert." Ela holte noch einmal tief Luft, bevor sie mit ihrem Bericht regelrecht heraussprudelte. Sie redete ununterbrochen, sie „erzählte" mit Händen und Füßen, sprang einmal auf und war fast außer sich, so daß Frau Ritter sie einige Male beruhigen mußte.

„So, das war es!"

Marion Ritter war ruhig geworden. Sie bewegte nur ihre Hände und atmete durch die Nase.

„Warum sagen Sie nichts, Frau Ritter?"

„Ela, ich danke dir, daß du gekommen bist. Es kann gar nicht gut genug gewesen sein."

„Habe ich denn mit meiner Vermutung recht gehabt?"

„Einerseits ja, andererseits hoffentlich nicht."

„Wie meinen Sie das?"

„Jetzt will ich dir mal eine Geschichte erzählen, die ebenso wahr ist wie die deine."

Marion Ritter faßte sich knapper, aber Ela Schröder wurde von Sekunde zu Sekunde bleicher. „Um Himmels willen!" hauchte sie, als sich Frau Ritter zurücklehnte. „Ist das alles wahr?"

„Ja, es geht um Falschgeld. Ausgerechnet Randy und Turbo hat man eine Blüte angedreht."

„Und wie die beiden reagieren, kann ich mir vorstellen. Die lassen das nicht einfach auf sich sitzen."

„Das befürchte ich auch." Frau Ritter ballte die rechte Hand. „Dabei hat man sie ausdrücklich davor gewarnt, etwas auf eigene Faust zu unternehmen. Wie wir jetzt wissen, vergebens."

„Es kann auch alles anders sein, Frau Ritter."

„Nein, das glaube ich nicht." Marion Ritter stand auf. „Ich werde meinen Mann anrufen."

„Ist er denn hier?"

„Ja, in seinem Labor." Sie tippte eine dreistellige Zahl in die Tastatur. Es dauerte etwas, bis sich Dr. Ritter meldete.

Ela trank inzwischen ihren Saft. Sie dachte daran, auch bei ihren Eltern anzurufen. Michaela Schröder wohnte nicht weit entfernt, etwas rheinabwärts, in einer kleinen Siedlung. Ihr Vater arbeitete als Polier beim Bau. Er hatte kräftig mit angepackt, als die Familie Schröder ihr Reihenhaus baute.

Frau Ritter setzte sich wieder an den Tisch. „Mein Mann kommt sofort", sagte sie.

„Was wird er wohl sagen?"

Randys Mutter räusperte sich. „Bestimmt das gleiche wie ich. Wir werden die Polizei alarmieren müssen. Ich habe nämlich das Gefühl, daß sich die Jungen allein aus diesem Sumpf nicht mehr befreien können. Dabei wurde ihnen ans Herz gelegt, keinen Unsinn zu machen. Kannst du dir nicht vorstellen, wo sie sich aufhalten?"

„Wenn mich nicht alles täuscht, wollten sie noch einmal zu dieser Geisterbahn."

Marion Ritter nickte. „Also doch", kommentierte sie. „Dabei war es ihnen eigentlich verboten."

„Wenn wenigstens Alfred hier wäre..."

„Da sagst du was. Der wäre schon losgezogen und hätte mit den Geistern aufgeräumt. Aber er ist in einer wichtigen Mission unterwegs. Da kann er nicht zurückgeholt werden."

Ela unterdrückte weitere Fragen. Sie wußte genau, daß ihr Frau Ritter nichts sagen würde.

Dr. Ritter kam. Er trug eine dunkelbraune Cordhose und ein gelbes Hemd, dessen Ärmel er hochgerollt hatte. Aus der Brusttasche schaute seine Brille hervor. Er sah erschöpft aus und machte einen etwas geistesabwesenden Eindruck.

„Ich könnte jetzt einen Cognac gebrauchen", sagte er und begrüßte Ela mit Handschlag.

Seine Frau brachte ihm das Glas und berichtete dabei. Herr Ritter vergaß zu trinken. Sein Blick zeigte Staunen und Unglauben. „Das kann doch nicht wahr sein."

„Ist es aber, Peter, leider."

Dr. Ritter leerte das Glas auf einen Zug. Hart stellte er es ab und schüttelte den Kopf. „Himmel, was habe ich gepredigt. Redet man bei den Kindern nur gegen Wände?"

„Es scheint so."

Dr. Ritter räusperte sich und stand auf. „Ich werde sofort Horst Hartmann anrufen. Der kann dann Kommissar Becker Bescheid geben." Er tippte bereits die Nummer ein. „Hoffentlich treffe ich Horst in seinem Büro an." Herr Ritter schüttelte den Kopf. „Diese verflixten Burschen, sie rauben einem die letzten Nerven." Er trommelte mit dem Fingernagel auf die Sprechmuschel und wartete ungeduldig ab. „Ah, Horst, endlich. Ich bin es, Peter. Hör zu, die Kinder haben Unsinn gemacht."

„Was?"

Selbst Frau Ritter und Michaela vernahmen den Schrei, als der Kommissar antwortete.

Dr. Ritter war es als Naturwissenschaftler gewöhnt, sich knapp und präzise auszudrücken. Das bewies er in diesen Augenblicken, als er seinem Freund Horst Hartmann die Sachlage darlegte.

Der reagierte auch schnell. Diesmal hörte Dr. Ritter zu, er gab einige Male seine Zustimmung und machte noch eine exakte Zeit aus, bevor er den Hörer auflegte.

Seine Frau war aufgestanden. „Was ist denn?" fragte sie.

Dr. Ritter nickte ihr zu. „Wir werden wohl auf den Rummel gehen müssen. Das heißt, ich werde es machen."

Frau Ritter trat einen Schritt zurück. „Und was ist mit Horst?"

„Er kommt auch."

„Allein?"

„Nein, mit einigen Polizisten, die dabeisein werden, wenn das Nest ausgeräuchert wird."

Randys Mutter nickte. Schwerfällig ließ sie sich auf einen Stuhl nieder. „Hoffentlich ist es nicht zu spät", flüsterte sie.

Michaela sah den Schauer der Furcht auf ihrem Gesicht...

# Der Kampf gegen die Zeit

Beide Jungen hatten das Zuschlagen der Fahrertür noch in den Ohren. Es war das letzte Geräusch der Blüten-Gangster gewesen. Gewissermaßen ein Abschiedsgruß.

Dann wurde es still.

Eine beklemmende, bedrückende Stille, nur unterbrochen durch die schnaufenden Atemzüge der Gefesselten, denn sie konnten nur durch die Nasen Luft holen.

Sie hockten noch immer am Tisch. Wenn sie sich verständigen wollten, dann ging das nur durch Blicke.

Die ersten Minuten waren für beide Jungen schlimm gewesen. Da sie nur durch die Nase Luft bekamen, wollte ein Gefühl der Panik aufwallen, das sie später, als sie sich an die Situation gewöhnt hatten, unterdrücken konnten.

Im Kino sah das immer so gut aus. Da war der Held oft genug gefesselt und geknebelt. Manchmal konnte er sogar den Knebel mit der Zunge herausstoßen.

Auch Randy versuchte das. Er drückte mit der Zungenspitze von innen gegen das Klebeband, erzielte keinen Erfolg, weil das Band einfach zu fest saß. Freddy hatte genau gewußt, was er tat, das mußte auch Randy erkennen.

Die Zeit verrann.

Minute reihte sich an Minute. Quälend und langsam, eine Folter der Zeit.

Die Luft verschlechterte sich. Es war zu warm im Wohnmobil. Die Wände bestanden zwar aus einem schallschluckenden Material, trotzdem vernahmen die Freunde noch die Außengeräusche des Rummels. Mal war der Klang einer Sirene zu hören, dann wieder die schrillen Töne irgendeiner Popmusik.

Da draußen, das war für sie eine völlig andere Welt. Sie kamen sich vor, als würden sie auf einem fremden Stern sitzen.

Allmählich veränderten sich auch vor dem Wagen die Lichtverhältnisse. Der Tag neigte sich seinem Ende entgegen, das Grau der Dämmerung schob sich als Wand vor.

Die Lichter an den Buden, Karussells und Fahrgeschäften wirkten deshalb intensiver. Sogar das Wohnmobil wurden von einem bunten Schein erreicht, der die Scheiben berührte und sich dicht dahinter verlief. Das Licht strahlte von der gewaltigen Looping-Bahn ab, die alles andere auf der Kirmes überragte.

Randy hatte auch versucht, an seinen Fesseln zu arbeiten und sie zu lockern. Zunächst an den Handgelenken, es war vergebens gewesen. Sie saßen einfach zu straff und stauten zudem noch das Blut. Er hatte auch nicht die Stricke lockern können, die seinen Oberkörper umspannten und die Arme dicht an die Seiten drückten, so daß er keinen Spielraum besaß. Es sah alles danach aus, als bliebe ihnen nur übrig, darauf zu warten, daß die Blüten-Gangster zurückkamen und ihre finsteren Pläne fortführten.

Im rechten Winkel saßen die Freunde zueinander. An ihren Gesichtern war abzulesen, wic sic sich fühlten.

Turbo versuchte es zuerst. Die Gangster hatten einfach einen Fehler begangen und ihre Beine nicht gefesselt. So konnten die Freunde aufstehen. Mit einem Ruck schob Turbo sich höher, verfolgt von den Blicken seines Freundes Randy.

Als Turbo den Tisch hinter sich gelassen hatte, blieb er stehen, hob die Augenbrauen und schaute Randy an, bevor er den Kopf drehte und in Richtung Fahrerhaus deutete.

Randy begriff nicht, was Turbo vorhatte, ließ ihn gewähren und drückte ihm trotzdem die Daumen.

Turbo ging vor bis zur Fahrertür, schaute sich dort um, tauchte dann in eine kleine Ecke hinter den Fahrersitz und blieb dort.

Randy wartete ab. Er konnte sich keinen Reim auf Turbos Verhalten machen, bis er etwas klirren hörte.

Einmal, zweimal...

Das mußte Glas sein – und es zersprang, das war deutlich an dem letzten Geräusch herauszuhören gewesen.

Scherben rutschten in Randys Blickfeld. Manche größer, andere wiederum klein und krümelig.

Turbo erschien. Er deutete mit dem Kopf auf die Scherben, indem er nickte, und schwang seinen Schädel anschließend herum. Das Zeichen für Randy, sich zu erheben.

Nichts, was der lieber getan hätte. Den Oberkörper, die Arme und die Hände spürte er zwar kaum noch, doch auf den Beinen konnte er sich sicher bewegen.

Turbo verschwand. Randy fand ihn auf dem Boden sitzend. Wieder nickte der Junge aus Japan den Scherben entgegen und schielte anschließend mit einem verdrehten Blick auf Randys Füße.

Der überlegte kurz, bis ihm das berühmte Licht aufging. Wäre es möglich gewesen, er hätte lauthals gelacht. So aber konzentrierte er sich und ging in die Knie. Er fand Turbos Idee einfach super.

Kaum hatte Randy den Boden berührt, als Turbo schon handelte und sich herumdrehte. Alles geschah im Sitzen. Daß es unter seinem Hinterteil mal knirschte, störte ihn nicht. Er wandte Randy jetzt den Rücken und auch seine gefesselten Hände zu.

Die Stricke liefen wie dünne, helle Schlangen über die dunklere Haut. Um sie loszuwerden, gab es für die Jungen nur eine Möglichkeit. Randy mußte zwischen seine Füße eine möglichst große Glasscherbe einklemmen und sie so halten, daß Turbo seine Stricke an der Kante entlangreiben konnte.

Randy wünschte sich, einen Film zu erleben, doch das hier war echt, und er gehörte zu den beiden Hauptakteuren.

Glücklicherweise lag die größte Scherbe in Reichweite seiner Beine. Er mußte sie nur näher zu sich heranschieben. Randy rutschte etwas vor. Mit der Hacke brachte er das Stück so weit in seine Nähe, daß es zwischen den Füßen liegenblieb.

Die Aktion war einfach gewesen und glatt verlaufen. Der schwierige Teil folgte noch. Es galt, die Scherbe zu kanten, und das erwies sich als Problem.

Nach fünf Versuchen schwitzte Randy wie selten, nach dem siebten Anlauf hätte er vor Wut heulen können, es rannen ihm sogar Tränen an den Wangen entlang, und nach dem elften Versuch hatte er es geschafft, die Scherbe hochstehend zwischen seine Füße zu kanten.

Zum Glück war Turbo ruhig geblieben. Er besaß eben eine andere Mentalität, überstürzte nichts und konnte abwarten.

Turbo drehte sich etwas, weil er sehen wollte, wie die Scherbe genau stand.

An ihrer unteren Kante preßte Randy sie mit den Hacken zusammen. Die Schmalseite war rechtwinklig gegen Turbos Hände gerichtet. Er mußte seine gefesselten Gelenke so weit vorschieben, daß die Stricke die Kante berührten und er sie daran zerreiben konnte.

Ein letztes Mal nickte er seinem Freund aufmunternd zu und begann mit seinem Befreiungsversuch.

Es war eine aufreibende und gefährliche Arbeit. Randy klemmte die Scherbe so fest wie möglich zwischen seine Schuhe. Sie ruckte einige Male, als Turbo daran rieb.

Er konnte die auf dem Rücken gefesselten Hände nicht immer in der gleichen Richtung halten. Wenn sie leicht abrutschten, schnitt er sich in die Haut.

Randy sah das Blut aus kleinen Wunden laufen, aber er sah auch, daß die ersten Fasern fielen.

Und Turbo machte weiter.

Auf und nieder rieb er die Stricke an der Glaskante. Er legte keine Pause ein. Die Jungen wußten genau, daß es ihre letzte Chance war. Sie hätten auch versuchen können, eine der Türen des Wohnmobils einzutreten, das wäre schlecht gewesen. Es hätte nur Lärm verursacht, und die Fesseln wären sie nicht losgeworden.

So aber lockerten sie sich.

Die Zeit wurde beiden lang. Sie warteten auf den großen Erfolg. Bei Randy spannten sich die Muskeln. Er rechnete mit einem Krampf, noch konnte er die Scherbe halten.

Turbo rieb weiter.

Er arbeitete verbissen. In diesem Jungen steckte eine ungemein starke Energie.

Und er schaffte es.

Turbo selbst mußte bemerkt haben, daß sich die Fesseln gelockert hatten. Er brachte seine Hände von der Scherbe weg und zerrte an den Stricken.

Sie platzten.

Die Reste fielen wie kleine, helle Würmer zu Boden. Turbo

war plötzlich frei, griff zuerst an das Klebeband und riß es von seinem Mund weg. Es störte ihn nicht einmal, daß seine Lippen dabei anfingen zu bluten. Der Junge kroch zu seinem Freund und befreite Randy zuerst vom Knebel.

Sie starrten sich an. Sprechen konnte keiner von ihnen. Keuchend schnappten sie nach Luft, die Münder standen offen, die Augen waren verdreht, und Turbo zerriß ein Taschentuch, das er sich in Streifen um seine blutenden Gelenke band.

Dann löste er die Fesseln seines Freundes.

„Himmel!“ keuchte Randy, „damit hätte ich nicht mehr gerechnet. Wir haben es gepackt, wir sind frei, Turbo! Verflixt, wir sind frei!“ Er saß da, rieb seine Gelenke, dann fielen sich beide in die Arme. Lange konnten sie nicht triumphieren, trotz allem drängte die Zeit.

Turbo stand als erster auf. „Wir sind zwar ohne Stricke, aber noch im Wagen gefangen.“

„Wir brechen entweder die Tür auf oder schlagen zur Not eines der Fenster ein.“

„Und womit?“

„Keine Ahnung.“ Randy deutete auf die Scherben. „Hast du das Glas schon vorher gesehen?“

„Ja, das war wohl eine Blumenvase, die sie hier vergessen haben. Unser Glück.“

„Zu jedem Wagen gehört eine Werkzeugkiste“, sagte Randy. Er schritt suchend der Mitte des Wohnmobils entgegen, hatte aber kein Glück.

„Versuch's mal hinter dem Vorhang!“ schlug Turbo vor.

Randy stand bereits davor. Er packte eine der Falten und riß den Stoff zur Seite.

Tellergroß fast wurden seine Augen. Seine Kehle schnürte sich plötzlich zu, sprechen konnte er kaum.

„Was ist denn?“

„Komm her, Turbo!“ flüsterte Randy rauh. „Das mußt du dir einfach ansehen.“

Vor ihnen lag tatsächlich Werkzeug. Allerdings ein bestimmtes und nicht Hammer oder Zange. Was sie da sahen, benötigte man, um Falschgeld herzustellen.

Druckplatten, Graveurmesser, Lösungen und entsprechendes Papier. Das alles gehörte zu einer transportablen Falschmünzer-Werkstatt. Eine Werkstatt in einem Wohnmobil versteckt. Da hätte die Polizei lange suchen können. Das Heckfenster war innen dunkel gestrichen worden, so daß von draußen niemand in den Wagen hineinschauen konnte.

Die beiden fanden erst nach einer Weile die Sprache wieder. „Hättest du damit gerechnet?“ flüsterte Randy.

„Nie.“

„Ich auch nicht. Das ist die Entdeckung des Jahres. Eine transportable Falschmünzer-Werkstatt. Mann, Randy, wenn das kein Klopfer ist, will ich mein Schwert verschenken.“

„Jetzt brauchen wir nur noch Kommissar Hartmann anzurufen, dann kann er hier abkassieren.“

„Ein Autotelefon müßte man haben“, meinte Turbo und ließ seinen Blick über die Werkzeuge gleiten. Ihn interessierten vor allen Dingen die messerähnlichen Gegenstände, die nicht nur sehr stabil aussahen, sondern auch schmal genug waren und sich damit für ihre Zwecke hervorragend eigneten.

Zwei Messer wog Turbo prüfend in der Hand. „Kriegen wir die Tür damit auf?“

„Versuche es.“

„Welche?“

„Die an der Seite.“

Randy wartete ab. Er stand hinter Turbo, schaute schräg über dessen Schulter hinweg und sah, wie sein Freund die flache Seite zwischen Tür und Füllung klemmte und Druck gab.

Die beiden Freunde gaben sich die größte Mühe, sie bekamen die Tür nicht auf.

„Mit Gewalt!“ schlug Randy vor.

Turbo nickte. Er wickelte noch einmal seine provisorischen Verbände fester, die Jungen traten so weit es ging zurück, um Platz für einen genügend großen Anlauf zu gewinnen.

Sie nickten sich zu.

Dann starteten sie zur gleichen Zeit. Gemeinsam wuchteten sie gegen die Tür. Der Schmerz zuckte durch ihre Schultern. Die Tür wackelte, aber sie hielt.

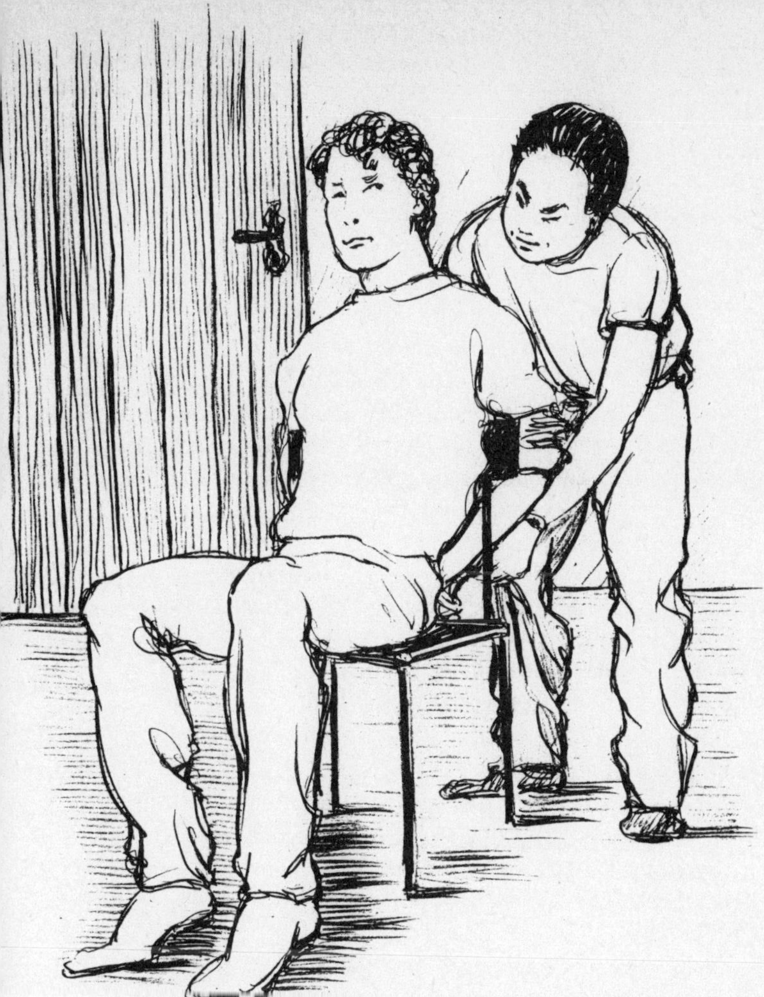

„Mist!“ schimpfte Randy, als er zurückging.

Turbo rieb seine getroffenen Stellen und putzte auch ein paar Blutperlen von den Lippen. „Noch mal.“

Wieder warfen sie sich dagegen. Abermals zitterte die Tür nur, brach aber nicht auf.

Dann starteten sie einen dritten Versuch. Diesmal hatten sie Erfolg. In das Echo des Schlagens hinein, das entstand, als sie vor die Tür krachten, hörten sie das Splittern und Knirschen, als das Schloß oder etwas anderes brach. Es war ihnen auch egal, die Tür jedenfalls hatten sie gesprengt.

Randy stolperte als erster nach draußen, verfehlte die Stufe und hätte sich fast noch langgelegt. Im letzten Augenblick konnte er sich fangen. Er raffte sich auf und schaute seinem Freund entgegen, der vorsichtiger den Wagen verließ.

Nebeneinander blieben sie stehen, nickten sich zu. Beide waren ungemein erleichtert.

Der Rummel lief noch immer. Bunte Lichter strahlten gegen den grauen Abendhimmel und überwarfen ihn mit farbigen Reflexen, als wäre am Rhein eine Riesen-Disco aufgebaut worden, in der grelles Laserlicht die Gäste lockte.

„Und jetzt holen wir die Polizei!" sagte Randy. „Ein Telefon finden wir bestimmt."

Sie standen noch in Deckung des Wagens. Vor sich sahen sie die Rückseite der Geisterbahn. Von der Vorderfront her schallten die unheimlichen Geräusche zu ihnen herüber. Das Brüllen und Schreien der Stimmen, die überlaut aus den Boxen jagten. Dazwischen schrille Musik oder ein schweres Seufzen.

Die Freunde kannten das Spiel. Sie wollten sich nicht weiter davon ablenken lassen.

Mit wenigen Schritten hatten sie die Rückseite der Geisterbahn erreicht. Ohne Absicht standen sie auf einmal dicht neben der kaum erkennbaren Tür. Sie wollten sich schließlich weiter vorschieben, dabei aber in Deckung bleiben, als sie Schritte hörten.

Sehr schnelle Schritte.

Beide Jungen erstarrten.

Dann sahen sie die Gestalt. Sie tauchte an der Ecke auf, geriet für einen Moment in den Widerschein eines zuckenden Kunstlichts, so daß sie zu erkennen war.

„Der Teufel!" flüsterte Randy.

Er konnte den Satz nicht gehört haben. Vielleicht war es Zufall, daß er den Kopf drehte. Jedenfalls schaute er genau in ihre Richtung und sah die Jungen.

„Weg!" rief Turbo.

Es war zu spät. Der Teufel stieß einen Wutschrei aus und griff unter sein Kostüm.

Was er dort hervorholen wollte, konnten weder Randy noch Turbo erkennen. Bestimmt war es kein Spielzeug.

Für eine Flucht nach vorn war es jedenfalls zu spät. Randy drückte auf die Türklinke hinter ihm. Er hatte eigentlich nur etwas tun wollen und wunderte sich, daß die Tür nicht verschlossen war. Er fiel förmlich mit ihr nach innen.

„Komm, Turbo!"

Auch der Junge aus Japan huschte durch den Spalt in das stockfinstere Nichts hinter der Tür. Sie rammten sie noch zu, blieben stehen und warteten.

Von draußen her vernahmen sie ein böses Lachen. Kurz danach noch ein anderes Geräusch.

Es entstand, als ein Schlüssel ins Schloß geschoben und gedreht wurde.

Jetzt war die Tür verschlossen.

Randy sprach einen Satz aus, der den Nagel genau auf den Kopf traf. „Wir sind vom Regen in die Traufe geraten, Turbo!"

Der nickte nur, bewies aber, daß er seinen Humor nicht verloren hatte. „Ich würde sagen, wir sind umsonst in die Geisterbahn gekommen. Und wer schafft so etwas schon?"

# Hetzjagd durch die Gruselwelt

Die Jungen taten nichts, blieben erst einmal stehen, so daß sich ihre Augen an die sehr miesen Lichtverhältnisse gewöhnen konnten. Turbo stellte als erster die Frage: „Was wird dieser Teufel jetzt unternehmen?"

„Seinen Kumpanen Bescheid geben."

„Also Freddy und Kowalski."

„Sicher."
„Und was machen sie?"
„Die jagen uns."
„Bei vollem Betrieb?"
„Wie meinst du das?"
Turbo räusperte sich. „Ich glaube kaum, daß sie die Geisterbahn schon schließen werden."
„Damit rechne ich auch nicht."
„Dann steht uns was bevor, Randy. Überleg mal, nicht nur die drei Typen werden hinter uns her sein. Wenn wir uns verirren, kommen wir auch noch den Fahrgästen in die Quere."
„Erschreck sie nur nicht zu sehr, wenn sie dich zufällig sehen sollten."
„Keine Sorge, ich halte mich zurück!"
Die knappe Wartezeit hatte den Jungen gutgetan. Es war auch nicht so stockfinster, wie sie zuerst angenommen hatten. Zwar konnten sie nichts deutlich erkennen, aber Umrisse und schattenhafte Gegenstände waren schon auszumachen.
Jedenfalls befanden sie sich in einem abgeteilten Raum. Sie hörten die Geräusche der durch die Geisterbahn fahrenden Wagen und aufgesetzt wirkende Angstschreie der Besucher.
Randy griff in die Tasche. Er holte ein flaches Päckchen mit Zündhölzern hervor, knickte eines ab und rieb es an der schmalen, rauhen Fläche an.
Die Flamme zuckte auf, bekam mehr Nahrung und riß eine rötliche Insel in das wattige Grau.
Auch ihre Gesichter wurden erfaßt. Das tanzende Feuer ließ sie seltsam verzerrt erscheinen. In ihren Pupillen spiegelte sich das Feuer wider.
Beide hatten mit einem schnellen Rundblick festgestellt, wo sie sich befanden.
Zwar innerhalb der Geisterbahn, aber sie waren noch abseits des eigentlichen Rummels. Sie standen in einem Abstellraum. Ersatzteile wurden hier aufbewahrt. Sie sahen zwei hochkant gestellte Wagen, mehrere Pappmonster, und einmal tanzte das Flackerlicht der Flamme über ein bleiches Skelett und ließ es kurz in einem rötlichen Schein erglühen.

Randy hatte vier Streichhölzer verbraucht, um das alles wahrnehmen zu können.

Turbo war nicht bei ihm geblieben. Er hatte sich umgeschaut und eine Trennwand entdeckt, in der sich eine kleine Tür befand. Seine Hand lag schon auf der Klinke.

Vorsichtig schob Turbo die Tür auf und peilte in das künstliche Gruselgelände der Bahn.

Randy schlich an ihn heran. „Wo sind wir hier? Kannst du etwas erkennen?"

Turbo zog die Tür wieder zu. „Ja!" antwortete er leise. „Wir befinden uns am Friedhof."

„Wo die Grabsteine standen?"

„Nein, die Särge."

„Auch das noch. Wie kommen wir hier weg?"

„Wir müssen rüber."

„Mitten durch die Särge?"

„Ja."

„Dann mach mal."

„Denk an die Wagen, Randy. Sie fahren ziemlich dicht."

„Das mit dem Friedhof kann nicht stimmen. Der liegt doch oben auf der ersten Etage."

Turbo winkte ab. „Ist egal. Für mich ist das auch ein Friedhof. Ich kenne kein anderes Wort."

„Hast du etwas von den Kerlen gesehen?"

„Nicht die Bohne."

„Die müssen sich erst formieren. Dieses Sarggebiet lag ja nicht weit vom Eingang entfernt. Was meinst du, wie die schauen werden, wenn wir plötzlich dort auftauchen."

„Klar, aber erst müssen wir hin."

„Dann geh doch!" Randy drückte seine flache Hand in Turbos Rücken, und der Freund aus Japan wagte den ersten vorsichtigen Schritt in die andere Welt.

Randy blieb dicht hinter ihm, manchmal ging er aber auch neben Turbo her.

Über der Landschaft lag das Grusellicht. Grüngrau, manchmal bleich und gelblich schimmernd. Es strich über die Särge wie ein dünner Schleier. Die einzelnen Wagen rollten hier durch enge Kurven. Dabei wurden die Fahrgäste hin- und hergeschleudert, das alles kannten Randy und Turbo bereits von ihrer ersten Fahrt.

Sie liefern nur geduckt. Ihre Augen hatten sich gut auf die Lichtverhältnisse eingestellt. Als sie die ersten Särge erreichten, blieben sie stehen.

Die Verbindungen mußten unter den Bodenbrettern eingebaut worden sein. Sobald einer der Wagen eine bestimmte Stelle passierte, schloß sich der Kontakt, und bei zahlreichen Särgen hoben sich die Deckel, um Skelette zu entlassen.

Wieder jagte ein Wagen in die Kurve.

Der Kontakt schloß sich. Beide Jungen erschraken, als der Sargdeckel dicht vor ihnen in die Höhe schwang und das bleiche Skelett herauskletterte.

Es hob einen Arm, um den Besuchern zuzuwinken. Gleichzeitig erklang eine schaurige Musik. Auch die anderen Särge waren nicht verschlossen geblieben.

Die Knöchernen zeigten sich nur zu gern. In der nächsten Kurve öffneten sich andere Totenkisten, und Randy konnte es einfach nicht lassen. Er mußte dem Knochenmann eins auf den blanken Schädel geben. Mit der flachen Hand schlug er zu.

Wahrscheinlich etwas zu fest, die Kunststoffknochen krachten plötzlich zusammen, der Schädel brach auch ab, tickte noch einmal auf den Rand des Unterteils, kippte über und rollte davon, bis er von einem anderen Sarg gestoppt wurde.

„Tut mir leid, mein Freund, ich wollte dich nicht töten!" Randy und Turbo grinsten.

Um den Ausgang zu erreichen, mußten sie den Schienenstrang überqueren. Da die Wagen sehr rasch hintereinander fuhren, war es nicht so einfach, einen günstigen Zeitpunkt auszusuchen.

Geduckt schlichen sie vor. Es war nur eine Frage der Zeit, wann man sie zwischen den grauen Totenkisten entdecken würde. Wahrscheinlich dachten die Besucher, das würde zur Schau gehören.

Wieder kam ein Wagen.

Ein Pärchen saß darin. Im Gegenlicht waren die beiden für Randy und Turbo gut zu erkennen. Die Frau klammerte sich an den Mann, der laut lachte und seinen Spaß hatte. Er machte einen leicht angetrunkenen Eindruck.

Dann sah er die Jungen!

Sein Lachen verstummte schlagartig. „Da, Jenny, da!" Sein Arm schnellte zur Seite. Mit einer Fingerspitze deutete er auf Randy und Turbo, die ihm sogar noch zuwinkten und dabei Fratzen zogen.

Sekunden später hatte sie der Wagen passiert. Ob der Mann sich umdrehte, konnten sie nicht mehr sehen. Für die Jungen war es wichtig, auf die andere Seite zu gelangen, bevor das nächste Fahrzeug heranrollte.

Sie überwanden das Hindernis mit einem Sprung und landeten wieder zwischen den Totenkisten, aus denen die Skelette stiegen.

Sie freuten sich. Turbo deutete nach rechts. Dort lag der Ausgang. Randy nickte.

Beide liefen in diese Richtung und ließen auch das Sargfeld hinter sich. Sehr schnell verengte sich die Strecke. Direkt hinter dem Eingang, das hatten sie noch gut in Erinnerung, befand sich der mit künstlichem Feuer erfüllte Tunnel. Auch die Teufelsfratze erschien dort. Es würde schwierig werden, ihn zu durchqueren, besonders deshalb, weil sie den Wagen entgegenlaufen mußten.

Darüber unterhielten sie sich flüsternd und im Schatten stehend. Das Feuer sahen sie bereits. Es kam ihnen längst nicht mehr so schaurig vor wie auf der Fahrt.

„Sollen wir da überhaupt durch?“

Turbo hob die Schultern. „Wenn du einen besseren Vorschlag hast, raus damit.“

„Ich denke daran, daß die Ausgänge bestimmt bewacht werden.“

„Damit müssen wir rechnen.“

Randy überlegte. „Wie wäre es, wenn wir es oben versuchen würden?“

„Meinst du diese offene Galerie?“

„Ja, wir laufen dorthin und springen.“

Turbo rieb sein Kinn. „Die Idee ist eigentlich nicht schlecht. Damit werden Kowalski und seine Kumpane bestimmt nicht rechnen.“

„Meine ich auch. Los, komm.“

„Und wo müssen wir noch durch? Hast du das behalten?“

Randy überlegte eine Weile. „Erst durch Draculas Gruselschloß und danach durchs Hexenland.“

„Hast du einen Holzpflock und vorn gut angespitzt?“

„Für die Vampire, nicht?“

„Klar.“

„Die zerreiße ich doch in der Luft.“ Randy stieß den Freund an. „Keine langen Reden mehr. Wir haben es eilig.“

„Mittlerweile fängt die Sache an, mir Spaß zu machen. Wenn ich mal kein Geld mehr habe, fange ich als Gespenst auf der Geisterbahn an.“

„Dafür brauchst du dich nicht einmal zu verkleiden.“

„Das tut mir aber auch weh!“ beschwerte sich Turbo.

Sie waren während ihrer Unterhaltung weitergelaufen. Diesmal hielten sich die beiden am Rand des unheimlichen Sargfeldes auf. Sie wollten bei den Fahrgästen so wenig Aufsehen wie möglich erregen und sahen schon bald den Eingang des Schlosses vor sich, bestückt mit der widerlichen Vampirfratze, die ihr Maul weit aufgerissen hatte, so daß in die untere Hälfte die Wagen hineinrollen konnten. Sie war breit genug, ohne daß die Jungen über die Schienen gemußt hätten.

Turbo wollte schon vorlaufen. Randy hatte einen Blick zurückgeworfen, sah noch die Särge im fahlen Licht leuchten und auch den Wagen der aus einer Kurve schoß und geradewegs dem Eingang entgegenfuhr.

„Warte noch."

Beide zogen sich zurück. Sie ließen den Wagen passieren. „Dracula, wir kommen!" schrien die beiden Fahrgäste, Jugendliche in Turbos und Randys Alter.

„So, jetzt!"

Hintereinander liefen sie rechts neben dem Schienenstrang her. Randy hatte die Führung übernommen. Diesmal kam ihm das Schloß viel gruseliger vor, als bei der normalen Fahrt. Die Dunkelheit fiel wie dichte Watte über sie zusammen.

Gleichzeitig vernahmen sie die Trauermusik. Die schweren, angsteinflößenden Klänge. In der Enge des nachgebauten Schlosses wirkten sie sowieso noch lauter und drückender.

Eine Gänsehaut ließ sich einfach nicht vermeiden. Fledermäuse umschwirrten ihre Köpfe. Die tanzenden Schwingen strichen über ihre Haare oder streichelten die Gesichter. Der Erbauer dieses Schlosses hatte eine perfekte Gruselatmosphäre geschaffen.

Schreie strapazierten ihr Trommelfell. Spinnweben blieben an ihrer Kleidung kleben. Dann zwängten sie sich durch die enge Kurve und sahen vor sich die Leinwand. Dracula kletterte aus seinem Sarg und griff nach dem jungen Mädchen, das nicht weglaufen konnte und vor Angst fürchterlich schrie.

Das ging schon unter die Haut, und es lenkte die Freunde von den eigentlichen Problemen ab.

Turbo deutete nach vorn. Beide waren sie naßgeschwitzt. Sie mußten unter der Leinwand wegtauchen. Jenseits davon begann das Land der Hexen, wo auch das künstliche Feuer leuchtete und die schaurigen Gestalten der Hexen tanzten oder auf ihren Besen durch die Luft ritten.

Die Enge des Schlosses hielt sie nicht mehr fest. Sie konnten sich jetzt besser bewegen. An der rechten Seite befand sich das Hexenland. Zusammen mit den alten Weibern schwebten gewaltige Fledermäuse durch die Luft.

Nach dieser Szene stieg der Schienenstrang an, um auf die Galerie hochzuführen.

Ein Kinderspiel – dachten sie.

Plötzlich war jemand da, den sie nicht vermutet hätten. Eine Gestalt, die zwar zu den Hexen paßte, im Gesamtbild aber den wahren Schrecken brachte.

Es war der Teufel!

Der Anreißer von der Geisterbahn. Wo er sich versteckt gehalten hatte, wußten die Jungen nicht. Jedenfalls stand er vor ihnen, lachte sie böse an und hielt etwas in der Hand, das wie ein Revolver aussah.

Randy blieb stehen.

Auch Turbo verhielt seinen Schritt. Nicht weit entfernt ratterte ein Wagen vorbei. Über ihnen heutlen und tobten die Hexen gemeinsam mit den Fledermäusen, aber vor ihnen stand das wahre Böse.

Das fahle, grüngraue Licht paßte hervorragend in die gesamte Szenerie. Es umschmeichelte ebenfalls die häßliche Gestalt des Teufels, der sich näher an die Freunde heranschob.

Die Wagen ratterten vorbei. Bestimmt wurden sie von den Leuten entdeckt, nur würden die meisten denken, daß dies alles zur Schau gehörte.

Der Teufel hatte Randy auf dem Kieker. Zwei Schritte trennten ihn von dem Jungen. Er stieß die Waffe vor. „Geh nach rechts!" schrie er Randy an. „Los, geh schon!" Bei diesem Befehl schob er seine Hand ein paarmal vor und zurück, als wollte er Randy mit der Mündung aufspießen.

Turbo sah die Chance!

Der Teufel unterschätzte ihn. Er wußte nicht, daß der Junge aus Japan auch fernöstliche Kampfsportarten beherrschte.

Turbo trat zu.

Sein Körper lag plötzlich in der Luft. Wie ein Blitz schoß das rechte Bein vor, der Fuß war genau gezielt, und er traf mit einem harten, knochentrockenen Schlag den rechten Arm des Teufels, der davon völlig überrascht wurde.

Der Arm wurde ihm in die Höhe geschleudert. In einem Reflex öffnete er die Faust, verlor die Waffe, die noch Schwung bekam und irgendwo im Hintergrund zu Boden prallte.

Turbo beließ es nicht bei dem einen Angriff, er trat noch einmal zu. Diesmal mit dem anderen Bein, nach einem artistisch angesetzten Scherensprung.

Der Teufel verschwand, als wäre er von den tanzenden Hexen mitgerissen worden. Das Dunkel schluckte ihn wie ein Tunnel. Er polterte zu Boden, überschlug sich dort und wäre fast noch auf die Schienen gerollt und somit vor einen Wagen, der schaukelnd angerast kam.

Randy hatte die Aktion kaum mitbekommen, so schnell war alles angelaufen.

„Weg hier!" Turbo packte zu und riß ihn kurzerhand mit sich. Randy stolperte hinter ihm her. Sie liefen quer durch die Hexenwelt und tauchten in die Finsternis.

Dort blieben sie stehen.

„Das war knapp!" keuchte Randy. Er japste nach Luft. „Das war vielleicht ein Gefühl, als der Teufel erschien. Ich dachte schon, der würde schießen."

„Seine Waffe hat er verloren."

„Wird der aufgeben?"

Turbo hob die Schultern. „Weiß ich nicht. Ich habe ihn jedenfalls hart erwischt."

„Haken wir das ab!" Randy wischte über seine Stirn. „Und wohin jetzt?"

„Nach draußen."

„Über den normalen Weg?"

„Nein, oder bist du..."

„Ich würde es auch anders versuchen. Hier muß es Notausgänge geben, zum Teufel."

„Teufel ist gut!" Turbo schaute sich schon um. „Wir können ja einen Bogen schlagen."

„Und dann?"

„Mal sehen."

„Okay, schlagen wir."

Diesmal waren sie vorsichtiger. Der Teufel hatte sie bereits entdeckt gehabt, fragte sich nur, wo Kowalski und Freddy auf sie lauerten. Hoffentlich draußen.

Außerhalb der normalen Strecke war das Innere der Geisterbahn völlig unromantisch. Mehr Technik, viel Holz, Kunststoff, Bohlen und vor allen Dingen auch Kabel, die wie schwarze Schlangen auf dem Boden lagen und manchmal gefährliche Stolperfallen bildeten, wenn die beiden Freunde ihre Füße nicht rechtzeitig genug hochbekamen.

Oft war es so finster, daß sie sich nur vortasten konnten. Dabei hielten sie die Arme ausgestreckt, um ein eventuelles Hindernis so rasch wie möglich erfühlen zu können.

Hin und wieder sahen sie auch das Licht einer Notbeleuchtung. Die Lampen gaben einen blassen, leicht bläulich wirkenden Schein ab, rissen aber nicht mehr als kleine Löcher in die finstere Umgebung.

Turbo schlich vor. Er wandte sich jetzt noch stärker nach links, denn dort mußte sich die Schräge befinden, auf der die Wagen zur Galerie hochfuhren.

Sie hörten schon das Rattern. Es wies ihnen den richtigen Weg. Wenig später standen sie unter dem Gerüst der Schräge.

„Da müßten wir jetzt hoch!" rief Turbo gegen den Lärm an.

„Klettern?"

„Wäre eine Möglichkeit. Mach noch mal Licht."

Randy zündete eines seiner letzten Streichhölzer an und reckte den Arm sehr hoch.

Senkrechte Holzbalken sicherten die Schräge ab. Unterstützt wurden sie von querlaufenden Streben, die ebenfalls noch durch Keile verstärkt wurden.

„Das sieht nicht mal so unmöglich aus!" erklärte Turbo.

Randy ließ das Streichholz fallen, weil er sich schon die Fingerspitzen verbrannte. „Dann packen wir es."

„Und keine Angst vorm Rattern?"

„Ich doch nicht."

„Rauf!" Turbo sprang als erster. Er hatte sich den Querbalken direkt über seinem Kopf ausgesucht, der auch nicht zu

hoch lag. Mit beiden Händen griff er zu, umklammerte das Holz, schwang die Beine hoch, stützte sich an einem anderen Balken ab, bekam so genügend Halt und konnte sich weiter hangeln.

Randy hatte ihm zugeschaut.

„Willst du nicht auch kommen?“ rief Turbo zu ihm hinunter.

„Ja, Moment noch.“ Randy wartete ab, bis ein Wagen die Schräge hochfuhr. Das dabei entstehende Rattern schmetterte in seinen Ohren. Als es abklang, schnellte Randy aus dem Stand hoch und war froh, im Fach Sport mit zu den Besten zu gehören.

Ebenso geschickt wie Turbo turnte auch er höher, wobei ihm die Quer- und Längsbalken stets den nötigen und auch griffigen Halt gaben. Vor sich hörte er Turbos Keuchen. Ihn selbst sah er nur schattenhaft, doch der Junge bewegte sich geschickt weiter.

Beide pausierten, als der nächste Wagen kam. Das harte Hämmern spürten auch sie. Alles vibrierte, das Zittern übertrug sich auf ihre Arme, und sie klammerten sich noch fester.

Sekunden dehnten sich zu kleinen Ewigkeiten. Randy schmeckte den Staub auf den Lippen, in seinem Hals hatte sich eine kleine Wüste ausgebreitet, die er auch durch heftiges Schlucken nicht wegbekam.

Endlich wuchtete über ihnen das Fahrzeug die Klapptüren auf. Sie sahen den bunten Widerschein des Rummels für einen Moment in die Schwärze der Geisterbahn zucken.

Es war so etwas wie ein Hoffnungsschimmer für sie.

Turbo kletterte weiter. Diesmal hatte er keinen Bescheid gegeben. Und er schaffte es auch als erster, in die Nähe des Ausgangs zu gelangen. Während Randy sich über das Gerüst und auf die Oberseite schwang, war von Turbo schon nichts mehr zu sehen. Auch die Türhälften waren längst wieder geschlossen.

Randy wartete noch ab, weil ein Wagen von unten herauffuhr. Die beiden Fahrgäste lachten befreit auf, das knatternde Geräusch unter dem kleinen Fahrzeug störte sie nicht.

Neben der Tür stand Randy eng an der Wand. Er wurde nicht gesehen. Als die Hälften aufschwangen, setzte er sich in Bewegung. Hinter dem Wagen huschte er ins Freie, verließ die Schienen und atmete zunächst einmal tief und fest durch.

Schwindel überkam ihn. Er hatte das Gefühl, fliegen zu können. Der Lärm, das Licht, die Musik, das alles erreichte den Jungen wie ein Schock und mußte verdaut werden.

Schon verließ ein weiterer Wagen die Geisterbahn. Randy wurde angesprochen.

„Was machst du denn hier? Hast du Schiß bekommen?“

Der Wagen rollte weiter, ohne daß Randy einen Kommentar gegeben hatte.

Er wollte eigentlich so schnell wie möglich weg, aber nicht ohne seinen Freund.

Von Turbo sah er nichts.

Randy war verwirrt. Er schaute über den gerade verlaufenden Gleiskörper hinweg. An der Wand blitzten jetzt bunte Lichter auf, die ihren Schein geisterhaft bleich über die Schienen warfen und auch die Holzbohlen rechts und links anstrichen.

Am äußeren Gitter stand Turbo auch nicht. Dann war er sicherlich bereits nach unten geklettert.

Randy fand, daß dies kein feiner Zug von ihm war. Er trat an das Gitter heran, sah in der Gasse den Menschenstrom, der sich weiterschob und nach Vergnügen lechzte.

Nur Turbo entdeckte er nicht.

Um ihn kümmerte sich niemand. Und wenn, wäre es ihm auch egal gewesen. Randy schwang ein Bein über das Gitter, stand dann außen und turnte in die Tiefe. Den Rest der Strecke ließ er sich fallen. Federnd kam er dicht hinter der Warteschlange auf.

Dort drehten sich einige Leute zu ihm um. „Hast du nicht bezahlt?“ fragte ihn eine Frau mit grell geschminktem Mund und zwei künstlichen Blumen im Ausschnitt.

„Nein, das mache ich immer so.“

„Dann gib nur acht, daß du dir nicht die Beine brichst.“

„Danke für den Rat. Sie haben nicht zufällig einen japanischen Jungen in meinem Alter gesehen?“

„Nein, wieso?“

„War nur eine Frage.“ Randy lächelte knapp, obwohl ihm danach nicht zumute war.

Wo konnte Turbo stecken?

Er trat einige Schritte in die Gasse hinein, wurde zur Seite gestoßen, da er sich dem Strom entgegengestellt hatte. Einige Besucher pflaumten ihn an.

Randy ließ sich nicht beirren. Allmählich bereitete ihm Turbos Verschwinden Sorge. Es war einfach nicht seine Art, sich klanglos zurückzuziehen.

Jemand tippte Randy auf die Schulter. Sofort fuhr er herum – und schaute in das grinsende Gesicht.

„Hallo, du Gangsterschreck!“

„Freddy, verflixt!“ stieß Randy hervor.

„Ja, ich bin es!“

Randy holte tief Luft. „Was willst du? Was wird hier gespielt?“

Freddy hob nur die Schultern. „Weißt du, es gibt gewisse Grenzen, die hast du jetzt erreicht.“ Er grinste noch breiter. „Könnte es möglicherweise sein, daß du jemand suchst?“

Randys verengte seine Augen. „Ja, das könnte sein.“

„Ist das vielleicht ein Japaner?“

Blitzschnell packte Randy zu. Seine Hände bekamen die ärmellose Weste des Punkers zu fassen. Hart zog er den Kerl zu sich heran. „Wo ist er? Los, raus mit der Sprache!“ Er schüttelte ihn durch, doch Freddy verlor keinesfalls die Nerven.

Er lachte nur und erwiderte: „Dein Kumpel ist bei uns. Und zwar in guten Händen...“

Randy ließ den Punker los, als hätte er sich an ihm die Finger verbrannt. Mit einer provozierenden Geste strich Freddy bewußt langsam über seine ärmellose Weste und knipste sein Siegerlächeln an. „Hast du wirklich gedacht, von hier verschwinden zu können, Macker?“

„Wo steckt mein Freund?“

„Bei meinem Freund.“

„Kowalski?“

„Kann sein.“

„Und jetzt!“

„Nichts. Du bist an der Reihe.“ Freddy schaute auf seine stumpfen Fingernägel. „Es liegt allein an dir, wie es mit deinem Kumpel weitergeht.“

„Wollt ihr ihn umbringen?“

„Weiß ich doch nicht. Kommt auf dich an. Jedenfalls haben wir ihn kassiert.“

„Was soll ich tun?“

„Kowalski meinte, du hättest einen guten Draht zu den Bullen. Sie haben dich freigelassen, das ist aufgefallen.“

„Was hat das mit meinem Freund zu tun?“

Freddy holte aus einer zerknautschten Packung einen

Glimmstengel hervor und zündete ihn bedächtig an. „Kowalski meint weiter, daß nur du ihm die Bullen von Hals halten kannst. Also kein Wort von dem, was du gesehen hast."

Randy trat einen kleinen Schritt zurück. „Ach so ist das. Wenn ich rede, geht es Turbo dreckig."

„Noch dreckiger." Freddy blies ihm den Rauch ins Gesicht. „Ist doch ein Geschäft – oder?"

„Ihr seid Ratten!" keuchte Randy, „miese Ratten!"

„Das Leben ist hart."

„Wie lange wollt ihr Turbo festhalten?"

„Keine Ahnung. Morgen früh kann die Sache erledigt sein. Das ist alles."

„Da habt ihr die Beweise weggeschafft, wie?"

„So ähnlich."

Randy überlegte. „Und wenn ich die Polizei noch nicht angerufen habe?"

„Um so besser für dich."

„Wie soll das denn morgen ablaufen?" fragte Randy nach einer kurzen Nachdenkpause.

„Du kommst so gegen zehn. Natürlich allein. Dann kannst du deinen Freund bei uns abholen."

„Wo genau?"

„Im Wagen."

„Du hast einen Riß im Hirn, Punker. Glaubst du im Ernst, daß ich den noch einmal freiwillig betrete."

Freddy ließ die Zigarette fallen und trat die Glut aus. „Ich kann ja mal mit Leo reden. Wir treffen uns dann vor dem Wagen."

„Ihr seid zu dritt."

„Stimmt."

„Mir wird es so ergehen wie Turbo?"

„Du kannst ja Sicherheiten einbauen. Wie du das machst, ist allein deine Sache. Überlege es dir nicht zu lange." Freddy grinste ihn frech an. „Ich muß nämlich noch wechseln."

Randy befand sich in einer Zwickmühle. Mit diesem Ausgang hatte er nicht gerechnet. Was sollte er tun? Am besten war es, wenn er auf die Bedingungen einging. Den Blüten-Gangstern traute er alles zu. Sogar das Schlimmste.

„Hast du dich entschieden, Macker?"

„Ja, ich mache es."

Freddy nickte. „Gut, du bist vernünftig. Wir sehen uns dann später."

„Moment noch", sagte Randy, als Freddy sich schon abdrehen wollte. „Ich habe dir einen Vorschlag zu machen."

„Ach – und welchen?"

„Steig aus."

„Meinst du das im Ernst?"

„Und wie."
„Nichts da. Ich habe hier mein Geschäft, das behalte ich."
Randy holte tief Atem. „Freddy, du bist noch jung. Dir passiert nicht viel. Willst du dir wegen Kowalski dein halbes Leben

zerstören? Der ist eine Nummer zu groß für dich. Kehr um. Überlege dir das genau, Freddy. Mach nicht den letzten Schritt."

Der Punker winkte ab. „Schon meine Mutter hat immer nur gesagt, tu dies nicht, tu das nicht. Ich habe die Nase von der Bevormundung voll. Ich mache jetzt, was ich will."

„Das machst du nicht!"

Freddy lachte. „Willst du mich daran hindern?"

„Du tust nämlich jetzt das, was Kowalski will. Das ist der Unterschied, mein Lieber."

„Na und? Kowalski hat mir gezeigt, wo es langgeht und wo die Scheine wachsen."

„Blüten!"

Freddy lachte ihm hart ins Gesicht und sprühte Randy Speichel auf die Haut. „Nicht nur Blüten, Macker." Er nickte. „Du weißt Bescheid. Morgen früh."

Der Punker verschwand. Randy hatte noch vorgehabt, ihn zu verfolgen, er blieb wie betäubt stehen. Die Begegnung mit Freddy kam ihm wie ein böser Traum vor.

Innerlich zitterte er. Die Angst war da und hatte sich festgesetzt. Er konnte dagegen nichts tun. Ständig mußte er an Turbo denken und daran, wie es ihm jetzt wohl ergehen würde.

Ließen es die Gangster tatsächlich bis zum Letzten kommen? Heiß stieg es in Randys Kehle hoch. Er schluckte den Kloß hinunter, der trotzdem immer wieder hochkam. Er fror und schwitzte zur gleichen Zeit. Niemand war da, an den er sich hätte wenden können, um Rat zu holen. Mutterseelenallein kam er sich vor, vergessen, verloren in diesem brodelnden Hexenkessel auf dem Rummelplatz.

Randy schaute auf die Fassade der Geisterbahn, ohne sie eigentlich richtig wahrzunehmen. Es war ein getrübter Blick, als würde irgendwie zwischen ihnen beiden ein dünner Vorhang schweben.

Hatten sie Turbo schon vom Rummelplatz weggeschafft? Zeit genug war vorhanden gewesen. Oder steckte er in irgendeinem finsteren Loch von Gefängnis?

Wie sah es mit Komplizen aus? Es konnte durchaus sein, daß

auch andere Schausteller mit Kowalski zusammenarbeiteten und gemeinsam eine große Bande bildeten.

„Da bist du ja, Junge. Endlich...“

Randy hörte die Stimme, dachte an einen Traum und drehte sich zur Seite. Nein, es war kein Traum.

Vor ihm stand sein Vater!

# Hoffnung?

„Du?“ Mehr bekam Randy nicht heraus.

„Ja, ich!“ Dr. Ritter kam vor und umarmte seinen Sohn. Randy ließ es sich gern gefallen. Plötzlich fühlte er sich erleichtert, die große Sorge war vorbei, und er ließ sich auch willig mitziehen zu einem Imbißstand hin, wo Dr. Ritter eine Cola bestellte.

Randy meinte immer noch zu träumen. Erst als er die Kälte des Bechers an seinen Handflächen spürte, erwachte er.

„Trink mal, das tut dir gut.“

„Meine ich auch“, sagte eine zweite Männerstimme, die Randy ebenfalls kannte.

Aus dem Hintergrund schob sich ein lächelnder Kommissar Hartmann hervor.

„Sie auch?“

„Sicher. Prost.“

Randy trank, schüttelte gleichzeitig den Kopf und schaute über den Rand des Bechers hinweg. Die beiden Männer hatten ihn eingerahmt. Sie kamen ihm plötzlich vor wie Schutzengel.

Er stellte den Becher ab. Seine Kehle war freier geworden, dann schoß es wieder in ihm hoch. Auch Dr. Ritter hatte etwas bemerkt. „Du bist ja so rot im Gesicht!“

„Ja. Es geht um Turbo.“

„Tatsächlich." Dr. Ritter schlug gegen seine Stirn. „Wo steckt er denn, zum Teufel?"

Randy starrte in den halbleeren Becher. „Er... er ist weg, Vati!"

„Schon gegangen?"

„Nein."

„Komm, Randy, rede. Laß dir nicht jedes Wort aus der Nase ziehen."

Der Junge hob den Kopf. Er hatte das Gefühl, jeden Augenblick heulen zu müssen. Seine Lippen zuckten schon. Mit kaum verständlicher Stimme flüsterte er: „Man hat Turbo entführt."

Dr. Ritter rührte sich nicht, schaute Randy an, danach den Kommissar, dessen Gesicht ebenfalls ernst geworden war.

„Noch mal, Randy. Was ist?"

„Man hat Turbo gekidnappt, Herr Hartmann!"

„Kein Witz?"

„Nein, ich..."

Dr. Ritter legte seinem Freund die Hand auf den Unterarm. „Horst, wenn das stimmt, können wir unseren Plan vergessen, und zwar sofort."

„Ich weiß." Kommissar Hartmann hatte bereits ein flaches Walkie-talkie aus seiner Innentasche geholt, zog die fingerlange Antenne hervor und stellte eine Verbindung her. „Hier Hartmann. Hören Sie mich, Herr Köppe?"

„Ja!"

„Sie und Ihre Leute werden sich so lange mit einem Einsatz zurückhalten, bis ich die Anordnung persönlich aufhebe. Verstanden?"

„Verstanden, Kommissar."

Horst Hartmann steckte das Gerät wieder weg und wandte sich an Randy. „So, und jetzt fang mal an. Aber von vorn, wenn ich bitten darf. Und alles sehr genau."

Randy erzählte, trank, erzählte wieder und leerte den Becher. Er merkte kaum, daß sein Vater ihm einen zweiten holte. Der Junge war froh, sich alles von der Seele reden zu können.

Die beiden Männer hörten aufmerksam zu. Sie waren still, den Lärm hatten sie vergessen, nur der Bericht des Jungen zählte. Schließlich schaute Randy hoch. „Mehr kann ich nicht sagen."

Dr. Ritter nickte. Er überließ Kommissar Hartmann die ersten Fragen. „Und das ist alles so geschehen, wie du es uns jetzt berichtet hast?"

„Das schwöre ich, Herr Hartmann. Auch die Verfolgung in der Geisterbahn."

„Könnte Turbo dort stecken?"

„Ich weiß es nicht. Verstecke gibt's da bestimmt. Vielleicht haben sie ihn auch schon weggeschafft."

„Die Lage ist fatal. Uns sind durch die Entführung die Hände gebunden." Herr Hartmann war ehrlich. „Wir müssen allerdings das schwächste Glied in der Kette suchen, wenn wir sie aufreißen wollen."

„Das wäre dieser Freddy, nicht?"

„Genau, Peter." Hartmann wandte sich an den Jungen. „Weißt du, wo Freddy stecken könnte?"

„Nein."

„Hast du keinen Verdacht?"

„Die Kirmes ist groß. Er könnte unterwegs sein, denn er sagte mir, daß er noch wechseln wollte."

„Das braucht aber nicht zu stimmen", wandte Dr. Ritter sofort ein. Er fuhr kopfschüttelnd fort. „Daß die Leute das Risiko überhaupt noch eingehen, ist für mich ein Rätsel."

„Wer kann ihnen denn etwas beweisen?" fragte Horst Hartmann. „Doch nur die Kinder."

„Da steht Aussage gegen Aussage, wie sie mir sagten", fügte Randy hinzu. „Sie würden alles abstreiten."

Der Kommissar schlug mit der flachen Hand auf den Tisch. „Jetzt hatten wir endlich die Chance, die Werkstatt auszuheben, und nun ist es wieder nichts." Sein Gesicht wurde ernst, der Blick sehr verkniffen. „Kidnapping kommt noch hinzu. Die können sich auf einige Jährchen Zuchthaus gefaßt machen."

„Wenn wir sie fassen", sagte Randy.

Der Kommissar schaute auf die Uhr. „Noch zwei Stunden bis Mitternacht, dann schließt die Kirmes. Halten wir Kowalski unter Kontrolle?"

„Und wenn er etwas merkt?“ warf Randy sofort ein.
„Das wäre schlecht.“
Der Junge nickte. „Der einzige, der hier eine gewisse Chance hat, bin ich doch. Ich kann mich hier bewegen, ohne daß Kowalski mißtrauisch wird. Wir stehen hier auch günstig. Von denen wird keiner gesehen haben, daß wir uns trafen.“
„Was willst du damit sagen?“ fragte Dr. Ritter.
„Daß ich Turbo suche.“
„Zu gefährlich!“ winkte Randys Vater ab.
„Willst du die Bande denn laufenlassen? Morgen früh haben sie alles hinter sich. Ich kann mir auch vorstellen, daß einer von ihnen mit Turbo das Weite sucht. Zudem werden sie ihre Werkstatt ausräumen.“
„Stimmt alles“, gab Dr. Ritter seinem Sohn recht. „Trotzdem habe ich Bedenken.“
„Ich ebenfslls!“ mischte sich Kommissar Hartmann ein. „Aber ich sehe auch eine Chance.“ Er holte noch einmal das drahtlose Sprechgerät hervor. „Davon besorge ich dir ein zweites, Randy. Wartet hier.“ Rasch war der Kommissar verschwunden.
Randy und sein Vater blieben zurück. „Junge, du machst vielleicht Sachen.“
„Ich weiß, ich bin da hineingerutscht.“
„Mir scheint, daß dir das öfter passiert.“
Randy hob die Schultern. Seine Gedanken drehten sich um den Freund. „Hoffentlich bekommen wir Turbo heil zurück.“
„Das schaffen wir schon.“
„Wie geht es Mutti?“
„Die hat sich wahnsinnige Sorgen gemacht. Daß wir überhaupt hier sind, weißt du eigentlich, wem du das verdanken kannst?“
„Das hat mich schon gewundert, ich wollte ...“
„Michaela kam. Sie schöpfte Verdacht. Sie sprach auch von dem Punker, mit dem ihr Ärger hattet.“
„Das hat sie gesehen.“
„Ich rief Horst an, den Rest kennst du.“
Kommissar Hartmann kehrte zurück. Er war etwas außer

Atem nach dem schnellen Laufen. Lächelnd hielt er Randy ein zweites Gerät hin. „Da, das ist für dich."

Der Junge nahm es vorsichtig an sich. „Und wie funktioniert es genau?"

„Warte, ich erkläre es dir." Der Kommissar brauchte nicht einmal eine Minute, dann hatte Randy alles begriffen. „Die Reichweite beträgt mehr als vier Kilometer."

„Das ist gut."

„Dann wünsche ich dir viel Glück, mein Freund."

„Kann ich gebrauchen." Randy lächelte etwas zuckend. Sehr wohl war ihm trotz allem nicht.

„Laß dich nur nicht auf irgend etwas ein. Sobald du eine Spur hast, meldest du dich."

„Mach ich, Vati."

Dr. Ritter drückte Randy noch einmal an sich, dann verließ der Junge die beiden mit einem unguten Gefühl zurückbleibenden Männer.

Obwohl Randy Turbos ungewisses Schicksal große Sorgen bereitete, fühlte er sich jetzt besser. Er wußte Kommissar Hartmann und seinen Vater als Rückendeckung hinter sich. Wenn es hart auf hart kam, würden sie blitzschnell bei ihm sein.

Sein Ziel war die Kasse. Auch um diese Zeit noch mußte er sich einen Weg durch das Gedränge bahnen. Das Publikum hatte sich etwas verändert.

Manch lichtscheue oder gefährlich aussehende Type schlenderte scheinbar ziellos und mit hungrigen Blicken durch die Budengassen. Sie bewegten sich lässig, gaben einen Stiefel an und taten so, als gehörte ihnen die Welt.

Randy wich diesen Leuten aus, die schon beim kleinsten unbeabsichtigten Rempler aggressiv werden konnten.

Noch heulte und jaulte es aus den Lautsprechern der Geisterbahn. Die schrillen, teuflischen Gesänge übertönten jede Unterhaltung. Man wollte unbedingt jeden nur möglichen Fahrgast herbeilocken.

Unter der Decke des Kassenhäuschens brannte eine Lampe. Sie strahlte ihr Licht auf die rote Haarflut der Frau, die wie angenagelt dasaß und noch immer Karten verkaufte.

Randy blieb so stehen, daß er die Vorderfront der Geisterbahn im Auge behalten konnte.

Sie wirkte völlig unverdächtig. Auch auf der Galerie lief nur der normale Betrieb ab. Die Wagen stießen aus dem Dunkel wieder ins Freie, die Leute hatten ihren Spaß, das bunte Licht umzuckte sie wie eine Reklamewand, ansonsten tat sich nichts.

Randy dachte wieder an Turbo. Auf diesem verdammten Rummel gab es Hunderte von Verstecken. Wollten sie Turbo hier suchen, konnten Tage vergehen, bis sie auf eine Spur stoßen würden, wenn überhaupt.

Der Junge geriet ins Schwitzen. Die innerliche Anspannung war einfach zu groß.

Er dachte daran, daß er sich bei Kommissar Hartmann melden sollte, und ging etwas zurück, wo er neben einer bereits geschlossenen Bude Deckung fand.

Als er die Antenne hervorzog, „meldete“ sich das Gerät bereits. Der Kommissar hatte den gleichen Gedanken gehabt wie er.

„Ja?“

„Alles in Ordnung, Randy?“

„Bis jetzt.“ Er konnte ein Vibrieren in der Stimme nicht vermeiden.

„Hast du etwas entdecken können?“

„Nein. An der Kasse sitzt die Frau.“

„Und Kowalski?“

„Habe ich nicht gesehen.“

„Dein Vater und ich haben beschlossen, nicht mehr zu lange zu warten. Wenn du in der folgenden halben Stunde keine Spur von Turbo entdeckt hast, werden wir doch eingreifen.“

„Ich... ich versuche es.“ Während Randy sprach, schaute er sich auch die Umgebung an. Er stand immer auf der Lauer, und er sah plötzlich die dicke Gestalt des Leo Kowalski.

„Kowalski kommt!“ meldete er. Dann ließ er das Gerät so schnell wie möglich verschwinden. Eine Antwort konnte er nicht mehr abwarten, denn Kowalski hatte sich ausgerechnet jetzt gedreht und starrte direkt in seine Richtung.

Er hatte Randy auch entdeckt.

Seine Züge blieben unbewegt, als er sich dem Jungen näherte. Die Hände hatte er gegen seine fetten Hüften gestützt. Über das Gesicht zuckte der Widerschein der Reklamebeleuchtung und machte aus ihm eine regelrechte Fratze.

Behalte nur die Nerven, sagte Randy sich. Jetzt darfst du nicht durchdrehen. Denk an Turbo, es ist einzig und allein sein Schicksal!

„Was willst du hier?" fuhr Kowalski ihn an.

„Nichts."

Der Mann verengte die Augen. „Hat man dir nicht gesagt, daß du erst morgen früh hier erscheinen sollst?"

„Wieso?" verteidigte sich Randy. „Gehört Ihnen der Platz? Ich kann doch hier stehen."

„Ja, das schon. Nur mag ich es nicht, wenn man mich unter Kontrolle hält. Was suchst du überhaupt?"

„Meinen Freund!"

Kowalski lachte scharf. „Du hast Nerven. Der Japaner ist weg, verstehst du. Für dich gestorben." Er hob den rechten Arm. „Bis morgen früh eben. Dann sehen wir weiter."

„Was Sie getan haben, ist Kidnapping."

„Ach nee, was du nicht sagst. Bist du aber schlau, mein Junge. Weißt du überhaupt, was Kidnapping ist?"

„Das, was Sie..."

„Nein, zum Teufel. Du kannst mir nicht beweisen, daß ich ihn versteckt halte. Ich fordere auch kein Lösegeld von seinen Eltern. Er bleibt nur mal eine Nacht weg. Daran wird er nicht sterben, wenn sich andere ruhig verhalten."

Randy trat von einem Fuß auf den anderen. „Hat der Teufel ihn geholt?" fragte er.

Kowalski lachte. „Das ist gut, das ist wirklich gut. Ja, der Teufel holt sie alle, mein Junge."

„So meine ich das nicht. Ich..."

„Hau endlich ab! Es könnte sein, daß auch ich die Geduld verliere und du ebenfalls geholt wirst." Er ging noch einen Schritt auf Randy zu. Der Körper wirkte so, als wollte er den Jungen erdrücken.

Randy huschte zur Seite. Er war flinker als Kowalski, der

sich schwerfällig umdrehte. Als der Mann die rechte Hand hob, winkte Randy ab. „Ja, Sie haben gewonnen, Herr Kowalski, ich gehe. Keine Sorge, ich bereite Ihnen schon…"

„Hallo, Leo."

Freddy erschien auf der Bildfläche, sah Randy erst jetzt, blieb stehen und grinste. „Wen haben wir denn da?" lachte er. „Verdammt noch mal, mit dir hätte ich nicht gerechnet."

„Hast du alles gewechselt, Freddy?"

„Klar doch."

„Halt's Maul!" fuhr Kowalski den Punker an. „Ich habe dem Lümmel gesagt, daß er sich zurückziehen soll. Hoffentlich hält er sich daran. Denk an den kleinen Japaner!" Kowalski lachte dreckig, packte Freddy am Arm und zog ihn davon.

Randy starrte ihnen nach, bis der Trubel die beiden geschluckt hatte. Er fühlte sich so schrecklich allein gelassen, irgendwie mies, auch hilflos. Kowalski hatte es ihm gezeigt. Er besaß die bessere Karte, daran änderte auch die nahe Anwesenheit der Polizei nichts.

Es hatte sicherlich keinen Sinn, den beiden zu folgen. Zu Turbos Versteck würden sie ihn nicht führen.

So blieb er nahe der Bahn. Leo Kowalski bekam er noch zweimal zu Gesicht, Freddy nicht mehr. Die beiden mußten sich getrennt haben. Allmählich flaute auch der Betrieb ab. Es standen längst nicht mehr so viele Besucher an.

Die Kirmes würde bald schließen.

Randy schaute auf die Uhr.

Die Frist war in drei Minuten vorbei. Dann wollte Kommissar Hartmann eingreifen. Hartmann war ein guter Polizist. Bestimmt hatte er einen ausgezeichneten Plan ausgeheckt. Es fragte sich nur, ob dieser Plan auch funktionierte.

Randy holte das Sprechgerät aus der Tasche. Er kam nicht mehr dazu, es einzuschalten.

Am anderen Ende der Geisterbahn entdeckte er etwas, das ihm einen heißen Schreck einjagte.

Zuerst den Rauch und dann das Feuer!

# Turbos große Stunde

Er war schnell gewesen, vielleicht zu schnell. Er wollte endlich raus aus dieser künstlichen Hölle, deshalb hatte er auch nicht daran gedacht, auf die Umgebung zu achten.

Der Teufel lauerte am Ausgang!

Er kannte jeden Winkel der Geisterbahn, auch die schmale Tür, die normalerweise nicht zu sehen war und auch nicht von den Besuchern auf der Galerie wahrgenommen wurde.

Turbo kam – und der Teufel griff zu!

Es war eine Armklammer, die sich um den Hals des Jungen legte, ihm einen Teil der Luft nahm, dann spürte er den Ruck und wurde auf die offene Tür zugezogen.

Beide tauchten ein. Der Teufel ließ Turbo nicht los. Er hämmerte mit der Fußspitze noch die Tür zu, dann schleuderte er den Jungen zu Boden, wo Turbo sich reaktionsschnell über die rechte Schulter abrollte, aber nicht auf die Füße sprang, denn das drohende Loch einer Waffenmündung starrte ihn an.

„Bleib ruhig liegen, ganz ruhig, und keinen Mucks. Hast du verstanden, Junge?“

Turbo nickte. Das Verlies, in dem er sich befand, war sehr eng. Von der Decke hingen straff gespannte Seile, die in der Tiefe verschwanden. Es brannte nur mehr eine trübe Lampe. Über ihrem Glas lag ein Film aus grauem Staub.

Eine Stiege mit wackligem Geländer führte nach unten. Aus der Geisterbahn drangen noch immer die Schreie, das Heulen und die dumpfen Stimmen. Jedoch kamen sie Turbo jetzt meilenweit entfernt vor.

„Einen von euch haben wir!“ erklärte der Teufel mit ätzender Stimme. „Das ist hervorragend.“

„Was wollen Sie mit mir machen?“

„Wir spielen dich aus.“

„Wie?“

Der Teufel lachte, als würde er in sein Mikro geifern. „Als Trumpfkarte, Bursche.“

„Wieso?“

„Das wirst du schon merken.“ Er trat einen Schritt zurück.

Die Mündung zielte nach wie vor auf Turbo. „Los, steh auf!"

Turbo erhob sich zögernd. Den Teufel und die Waffe ließ er nicht aus den Augen.

Auch der Mann vor ihm stand unter Druck. Er schwitzte stark im Gesicht. Dadurch war auch die Schminke verlaufen. An manchen Stellen bildete sie einen regelrechten Schmier, der die Gesichtszüge grotesk verzerrte.

„Auf die Stiege zu", flüsterte der Teufel rauh. „Los, geh auf die Stiege zu!"

Turbo nickte. Er hatte die Hände nicht erhoben, nur vom Körper gespreizt. „Wie heißen Sie eigentlich?" fragte er den Teufel.

„Weshalb willst du das wissen?"

„Nur so."

„Du kannst in mir auch weiterhin den Teufel sehen. Namen sind wie Schall und Rauch, merk es dir ..."

„Ja, ich weiß." Er blieb am Beginn der Stiege stehen. Die Stufen verliefen im Dunkeln. Turbo hatte seine Hand auf das Geländer gelegt. Er tastete sich voran. In seinem Nacken spürte er den Atem des Mannes.

„Geh immer weiter! Versuche es nur nicht. Diesmal wirst du es nicht schaffen, da hast du keinen Platz."

Die Treppe endete in einem schmalen Gang. Direkt vor Turbo schälte sich ein grauer Ausschnitt aus dem Dunkel. Etwas zuckte geisterhaft an ihm vorbei. Der Teufel hielt die Taschenlampe in der Linken und leuchtete den grauen Ausschnitt an.

Es war eine Metalltür. Sie besaß ein Schloß, eine Klinke und mußte von Turbo aufgezogen werden.

Sekunden später fand er sich jenseits der Tür wieder, die der Teufel noch von außen abschloß.

„Dort wirst du bleiben!" hörte Turbo die Stimme und danach noch das widerliche Lachen.

Stille umgab ihn. Nur sehr fern und leise vernahm er die Geräuschkulisse aus der Geisterbahn. Wie ein feines Grollen drang es an seine Ohren. Es brandete immer wieder auf und verklang.

Turbo stand in der absoluten Finsternis. Nicht einmal durch eine Ritze drang Lichtschein. Da er weder Zündhölzer noch ein Feuerzeug bei sich trug, tastete er sich in der Dunkelheit vor, um sein Gefängnis zu untersuchen.

Zunächst schritt er in Richtung Tür. Seine Hände schleiften über das Metall, fanden die Klinke. Turbo drückte sie probehalber. Natürlich war abgeschlossen. Er fühlte weiter, glitt über den linken Türrand hinweg, dann spürte er die rauhe Wand unter seinen Fingern – und den etwas vorstehenden runden Schalter mit dem kleinen Kipphebel, den er nach unten drückte.

Über ihm leuchtete eine Lampe auf.

Endlich konnte Turbo erkennen, wo er sich befand. Es war keine Abstellkammer. Man hatte ihn in die Energiezentrale der Geisterbahn eingesperrt. Der große Sicherungskasten fiel ihm auf, auch ein kleiner Generator, und das alles innerhalb der Geisterbahn. Die Wände waren stabiler gebaut worden. Es gab nur die eine Tür. Auch die Decke sah sehr fest aus.

Erst das Wohnmobil und jetzt dieses Gefängnis. Turbo war es allmählich leid, dauernd eingesperrt zu werden. Er dachte auch an seinen Freund, der ihn bestimmt suchen, aber kaum hier finden würde.

Jedenfalls mußte er raus.

Aufbrechen konnte er die stabile Metalltür nicht. Statt dessen schaute er sich das Schloß an. Es war ziemlich simpel, aber dafür benötigte er einen Schlüssel.

Ein perfektes Gefängnis gab es nicht.

Für Turbo begann die große Wartezeit. Er konnte auch nachdenken und fragte sich natürlich, was die Leute mit seiner Entführung bezweckten. Zu einem Ergebnis kam er nicht. Es sei denn, man wollte ihn kurzerhand aus dem Verkehr ziehen.

Auf die Uhr hatte Turbo nicht geschaut. Seiner Schätzung nach war seit seiner Gefangenschaft eine halbe Stunde vergangen, als er Schritte vernahm.

Zunächst hörte er kaum hin, bis sich die Echos verstärkten, weil sie sich der Tür näherten.

Turbo trat zurück. Er rechnete damit, den Teufel zu sehen,

und hörte auch schon, wie sich ein Schlüssel im Schloß bewegte.

Dann war er da!

Nicht der Teufel, Freddy stand auf der Schwelle und grinste den Jungen scharf an.

„Na, wie gefällt es dir?“ fragte der Punker und bewegte lokker seine Schultern.

„Was willst du?“

„Ich wollte dir nur mitteilen, daß wir gewonnen haben. Du bist unser Pfand.“

„Wieso?“

„Dein Freund weiß übrigens Bescheid, daß wir dich haben. Ihm ist erklärt worden, daß er die Bullen zurückhält. Du verstehst.“

„Nein.“

„Wenn die Bullen kommen, gibt es Ärger für dich. Kapiert?“ Freddy kam auf Turbo zu. Sein eingefärbtes Haar stand nicht mehr so hoch. Es war etwas zusammengefallen.

Der Punker mußte von sich und seiner Stärke sehr überzeugt sein, er hatte die Tür nicht einmal geschlossen. Für Turbo konnte es nicht besser laufen. Er schielte an Freddy vorbei, der bemerkte seinen Blick und fragte: „Willst du abhauen?“

„Laß mich frei!“

„Kommt nicht in Frage. Ich habe den Auftrag, bei dir zu bleiben. Leo will auf Nummer Sicher gehen.“

„Und?“

„Nichts weiter!“ Freddy drehte sich, weil er die Tür schließen wollte.

Da griff Turbo an.

Freddy hatte sich zu sehr auf seine Stärke verlassen, vielleicht auch auf seine erwachsenen Freunde. Mit einem Angriff rechnete er nicht. Turbo wuchtete ihn zur Seite. Er hörte noch den überraschten Ruf des Rockers, dann war er an ihm vorbei und aus dem Gefängnis in den schmalen Gang gesprungen, wo auch die Stiege hochführte.

Turbo beeilte sich.

Auf der dritten Stufe erwischte ihn der Punker. Turbo hörte

noch das Keuchen, dann umklammerte eine Hand sein rechtes Bein und zerrte daran. Turbo rutschte vom Geländer ab. Er konnte sich einfach nicht mehr halten und fiel die Stiege hinab.

Unten erwartete ihn der Punker. Turbo hatte beide Hände als Deckung hochgerissen. Er schlug zu Boden, spürte den Schmerz im Knie und wollte wieder auf die Füße kommen.

Freddy warf sich auf ihn.

Turbo konterte. Die beiden umschlangen sich. Jeder wollte den anderen zu Boden drücken. Es entbrannte ein erbitterter Kampf. Turbo gab nicht auf, der Punker ebenfalls nicht.

Für den Jungen aus Japan war es kein Kinderspiel, den wesentlich schwereren Gegner außer Gefecht zu setzen. Freddy kämpfte mit allen Tricks. Er schlug, er trat, aber er traf nicht richtig, weil Turbo ungemein wendig war.

Das Keuchen der beiden Kämpfenden erfüllte den engen Gang. Sie rollten noch immer über den Boden, prallten gegen eine Wand und krachten auch vor die Stiege.

Schließlich konnte Turbo dem Punker entwischen. Er schlug dessen rechte Hand zur Seite und sprang auf die Füße. Mit einer geschickten Drehung entwischte er den zupackenden Fingern, bekam das Gelenk zu fassen, riß Freddy hoch und setzte zu einem Schulterwurf an.

Freddy spielte Flieger, bevor er eine astreine Bruchlandung hinlegte. Dabei war er auf den Rücken gefallen und lag an einer Stelle, wo ihn der aus der noch offenstehenden Tür fallende Lichtschein erreichte. Sein Gesicht zeigte Wut und auch Überraschung. Mit diesem Widerstand hatte er nicht gerechnet.

Freddy stemmte sich auf die Knie. Der Mund stand offen. Er atmete keuchend.

„Hast du genug?“ fragte Turbo.

„Nein!“

„Hör auf, Freddy. Laß es sein. Du hast noch die Gelegenheit, Schluß zu machen!“

„Womit denn?“

„Steig endlich aus!“

„Das gleiche hat mir dein Kumpel schon gesagt. Von wegen, ich ziehe das hier durch!“

„Verbrechen haben sich noch nie gelohnt."

„Hör mit den Sprüchen auf." Freddy kam wieder auf die Füße. „Du solltest dich ruhig verhalten. Noch einige Stunden, dann ist die Sache erledigt, falls dein Kumpel mitspielt."

„Was habt ihr denn vor?"

„Braucht dich nicht zu jucken. Jedenfalls gewinnen wir immer, verstehst du?" Freddy klopfte seine Kleidung ab, als wollte er etwas suchen. Es war als Ablenkung gedacht, denn urplötzlich sprang er Turbo entgegen, bekam ihn auch zu pakken und schleuderte ihn herum.

Bevor Turbo sich wehren konnte, hatte ihn der Punker wieder in das Gefängnis geschleudert. „Hier bleibst du!" brüllte er. „Ich werde dich..." Der Rest seiner Worte ging unter in einem gewaltigen Krachen. Beide waren gegen den Sicherungskasten geprallt. Turbo spürte den Druck in seinem Rükken. Freddy wollte ihn abermals dagegenstoßen, als Turbo sich wehrte.

Er schleuderte Freddy zurück. Dicht neben der Tür krachte der Punker vor den Rahmen und auch gegen den Lichtschalter, den er umkippte.

Schlagartig wurde es finster.

Turbo huschte sofort auf die Tür zu, doch Freddy stand ihm schon wieder im Weg.

„Du kommst hier nicht raus!" schrie er Turbo ins Gesicht. „Das schaffst du nie!"

Turbo gab nicht auf. Diesmal gelang es ihm, Freddy so zu packen, daß dieser zu Boden geschmettert wurde. Für einen Moment hatte Turbo freie Bahn.

Er wischte durch die Tür. Wo sich die Stiege befand, wußte er noch. Diesmal mußte es einfach klappen.

Wie es passiert war, konnte er nicht sagen. Wahrscheinlich war es der Schlag gegen den Sicherungskasten gewesen. Jedenfalls hörte Turbo den Punker schreien.

„Feuer, verdammt!"

Der Junge erstarrte. War es ein Bluff? Er drehte sich um. Schon sah er den Widerschein der Flammen aus dem Gefängnis huschen. Das rotdunkle Flackern, das so gefährlich sein konnte. Eine fingerlange Flamme reichte aus, um einen Straßenzug in Brand zu stecken.

„Da brennt ein Kabel!“ schrie Freddy. „Wir müssen weg.“ Turbo und seine Bewacheraufgabe waren für ihn vergessen. Er räumte den Jungen zur Seite und kletterte die Stiege hoch.

Turbo warf noch einen Blick in den Raum, wo es tatsächlich brannte und sich das Feuer bereits ausbreitete. Die Flammen züngelten an den Wänden hoch wie tanzende Arme.

Der erste Rauch bildete schwarzgraue Wolken, die den Atem nahmen. Es ging jetzt um Minuten, und auch Turbo zögerte keine Sekunde länger. Freddy war bereits weg.

Turbo kletterte die Stiege hoch, verfolgt von den dicken Rauchschwaden, die ihm den Atem nahmen und widerlich im Hals kratzten. Er mußte husten. Seine Augen begannen zu brennen. Der Rauch trieb wie Nebel an ihm vorbei.

Für einen Moment hatte er die Orientierung verloren. Er blieb stehen und schaute dorthin, wo sich die Außentür seiner Meinung nach befinden mußte.

Turbo sah den schwachen Umriß, betete, daß die Tür nicht verschlossen war, und hatte Glück.

Er riß sie auf.

Die frische Luft auf der Galerie strömte gegen ihn. Tief saugte Turbo sie ein.

Noch waren die Flammen nicht nach außen geschlagen, lange würde es nicht mehr dauern.

Der Betrieb lief weiter. Bisher hatte niemand etwas bemerkt. Turbo stand auf der Galerie und schaute sich suchend um. Von Freddy oder dem Teufel entdeckte er nichts.

Die Gasse unter ihm hatte sich ziemlich geleert. In der Kasse saß noch immer die Frau mit den rotgefärbten Haaren. Auch sie richtete sich allmählich auf den Feierabend ein.

Rauch findet immer seinen Weg. Mochten die Öffnungen auch noch so schmal sein. Das merkte Turbo jetzt genau. Hinter ihm drangen die dünnen Schwaden durch die Tür und kitzelten seine Nase.

Turbo wollte nach unten klettern. Er stand schon am Gitter, als er das Krachen hörte. Die Flammen mußten sich rasend

schnell ausgebreitet haben. Der Hitzestau war zu einer gewaltigen Explosion geworden, die alles in die Luft sprengte, das sich in ihrer Nähe befand. Ein Teil des Dachs flog davon. Die Stücke wirbelten wie Geschosse in vier Himmelsrichtungen weg. Durch das Loch fauchten die Flammen in einem gewaltigen Sturmwind, als wollten sie selbst den Himmel mitreißen.

Schlagartig verlosch auch das Licht!

Stromausfall!

Und in der Bahn befanden sich noch Menschen!

# In der Flammenhölle

Auch Randy hatte das Feuer gesehen. Er war völlig überrascht worden. Flammen zuckten über dem Dach der Geisterbahn, wurden vom schwarzgrauen Rauch umschlossen wie ein gewaltiger Pilz. Holzstücke tanzten im Feuer wie Glühwürmchen, und an der Geisterbahn war die gesamte Elektrik ausgefallen.

Endlich kam er dazu, sich bei Kommissar Hartmann zu melden. Seine Hand zitterte, als er in das Mikro sprach.

„Kommissar, es brennt!“

„Weiß ich, Randy. Wir haben es gesehen. Dein Vater alarmiert bereits die Feuerwehr.“

„Und Sie?“

„Ich komme zu dir. Wo hältst du dich auf?“

Randy erklärte es ihm und fügte noch hinzu, daß er von Turbo keine Spur entdeckt hatte. „Vielleicht ist er noch in der Geisterbahn, Herr Hartmann.“

„Ich bin schon unterwegs.“

Randy steckte das Gerät wieder ein. In seinem Magen wuchs ein großer Stein. Er fühlte sich schlecht und mies. Der Rauch trieb als breiter Wolkenberg über der Bahn.

Gaffer rannten zusammen. Jeder wollte sehen, was passiert war. Die rothaarige Frau hatte die Kasse verlassen. In heller Panik rannte sie mit wild schwingenden Armen davon und schrie nach der Feuerwehr.

Aus der Geisterbahn liefen Menschen. Sie hatten es besser gehabt, weil sie sich nahe der Aus- oder Einfahrt befanden. Aber wie viele steckten noch darin?

Es brannte kein Licht mehr. Ein schwarzer, unheimlich wirkender Kasten lag vor den Augen der Gaffer. Die obere Hälfte stand in zuckenden, rotgelben Flammen und war von dichtem Qualm umgeben.

Nicht Kommissar Hartmann lief Randy über den Weg. Er sah plötzlich Freddy. Der Punker ging geduckt. Er schien vor einer Verfolgung Furcht zu haben. Des öfteren schaute er sich um.

Randy hatte er noch nicht entdeckt, doch dieser sorgte dafür, das Freddy auf ihn aufmerksam wurde. Er schlich sich in dessen Rücken. Als Freddy sich umdrehte, starrte er Randy an.

Der griff sofort zu. Mit beiden Händen faßte er nach Freddys Lederweste. „Zum Henker, was habt ihr mit Turbo gemacht?"

„Er ist drin."

„Wo? In der Bahn?"

„Kann sein!"

„Wo?" Randys Gesicht war verzerrt. Die Angst um Turbo raubte ihm beinahe den Verstand. Er schüttelte Freddy durch, in dessen Augen ebenfalls die Panik leuchtete.

„Weiß ich doch nicht, Mann. Bei diesem Feuer muß sich jeder um sich selbst kümmern."

„Du willst es mir nicht sagen, du..."

„Randy!" Die Stimme klang wie ein scharfes Bellen. Kommissar Hartmann war plötzlich da. „Laß ihn los, Randy!"

Der Junge gehorchte. Hartmann packte Freddy und nahm ihn in den Polizeigriff. Handschellen hielt er auch für ihn bereit. Der Punker ließ alles widerstandslos über sich ergehen. Sein Blick war starr, er dachte an das Feuer und daran, daß alles aus war.

„Wo finden wir Turbo?" fragte jetzt Hartmann. „Steckt er in der Bahn, oder habt ihr ihn woanders hingeschafft?"

„Nein, in der Bahn. Da, wo das Feuer ist..."

Randy erbleichte bei der Antwort. Er wollte noch weiterfragen, da erschien jemand, den er gut kannte. Wie ein Geist stand er plötzlich neben ihnen.

„Turbo!"

„Wer sonst?" Der Junge aus Japan grinste. „Das war knapp, nicht", sagte er zu Freddy gewandt.

Der Punker schwieg.

Randy deutete auf die brennende Geisterbahn. „Wie bist du denn dort rausgekommen?"

„Mit Glück."

„Weißt du, wer das Ding angesteckt hat?"

„Ja, er!" Turbo deutete auf Freddy, der mit gesenktem Kopf daneben stand.

Kommissar Hartmann fragte Turbo: „Wie viele Menschen befinden sich noch in der Bahn? Weißt du etwas darüber?"

„Nein!"

Sirenenklang jaulte wimmernd über den großen Festplatz. Die Feuerwehr war bereits unterwegs. Jetzt zeigte es sich, daß es richtig war, die Budenstraßen breit anzulegen, damit die Wagen schnell und ungehindert hindurchkamen.

Die Zuschauer spritzten zur Seite. Männer in blauen Uniformen rollten die langen Löschschläuche aus. Einige von ihnen, sie trugen Masken vor ihren Gesichtern, rannte in die Geisterbahn, um die dort noch feststeckenden Menschen herauszuholen.

Über dem Bau lag die dicke Rauchwolke. Das Feuer hatte immer mehr Nahrung bekommen und sich dementsprechend ausgebreitet. Fast die Hälfte des Baus stand in Flammen. Der Kunststoff, der nicht brannte, schmolz dahin. Gase breitete sich aus. Die Männer der Feuerwehr hatten alle Hände voll zu tun, um zu löschen.

Armbreite Wasserfontänen spritzten aus den Schläuchen und andere Löschmittel, die sich schichtartig über den schmelzenden Kunststoff legten und dafür sorgten, daß die Gase erstickt wurde.

Polizei rückte ebenfalls an.

Es waren die Männer, die Kommissar Hartmann mobilisiert hatte. Hartmann holte sie zu sich.

„Was ist mit den Falschmünzern?" fragte ein Polizist.

„Einen haben wir."

Der Beamte schaute Freddy an. „Sollen wir ihn wegschaffen?"

„Ja, tun Sie das."

Freddy wurde abgeführt. Zuvor warf er noch einen Blick auf Turbo und Randy.

„Du hättest auf uns hören sollen", sagte Randy.

Freddy verzog nur das Gesicht. Dann stolperte er neben zwei Polizisten her.

„Es hat jetzt keinen Sinn, sich um die Blüten-Gangster zu kümmern", sagte der Kommissar. „Die sind bestimmt nicht in ihrem Wohnwagen. Außerdem stehen hinter der Geisterbahn die Löschwagen. Wir würden die Männer nur stören."

„Und wenn sie fliehen?" fragte Randy.

„Das glaube ich nicht. Die kommen nicht weg. Ihr Wagen ist eingeklemmt." Der Kommissar lächelte, bevor er sich an seine Leute wandte. „Wir werden uns bereithalten. Wenn jemand von der Bande erscheint, fassen wir zu. Ansonsten warten wir das Ende der Löscharbeiten ab.

„Gut."

Die Hitze strahlte auch bis zu ihnen rüber. Sie legte einen Hauch aus rötlicher Glut über die Gesichter der Jungen und Männer. Noch jemand erschien.

Dr. Ritter war froh, als er Randy und Turbo sah. „Himmel, ihr habt es geschafft."

„Klar doch", sagte Turbo.

„Optimistisch hört sich das aber nicht an."

„Ist es auch nicht gewesen, Herr Ritter. Ich hatte ganz schön Schiß, das können Sie mir glauben."

„Und wo hat man dich festgehalten?"

„In der Bahn."

„Auch als das Feuer ausbrach?"

„Ja, so war es."

Dr. Ritter ballte die Hände. „Diese miesen Verbrecher. Zünden die Geisterbahn an..."

„Das war mehr ein Versehen." Turbo erklärte, wie es zum Brand hatte kommen können. Gleichzeitig schauten sie zu, wie die Männer der Feuerwehr die Menschen aus der Geisterbahn holten. Hustend, keuchend und mit vom Weinen geröteten Augen stolperten die Fahrgäste aus dem Innern der Bahn.

Die Feuerwehr verstand ihr Handwerk. Schon jetzt hielten sie den Brand unter Kontrolle und hatten ihn fast gelöscht. Giftige Gase lösten sich nicht mehr. Nur noch der Rauch wölbte sich schwarz und fettig über dem Gelände und zog träge in Richtung Rhein.

Randy wurde nervös. Er trat von einem Bein auf das andere. „Sollen wir uns nicht um Kowalski kümmern, Herr Hartmann?"

„Natürlich. Ich möchte nur für eine gewisse Sicherheit sorgen."

„Wie denn?"

„Sei nicht so neugierig, Randy", sagte Dr. Ritter. Er legte seine Hände auf die Schultern der Jungen, während Kommissar Hartmann den Polizisten Anweisungen gab.

Randy bekam mit, daß er von dem Wohnmobil auf der Rückseite sprach, das die Männer unter Kontrolle halten sollten.

Sie verschwanden. Der Kommissar kehrte zu Randy und Turbo zurück. „Na, seid ihr jetzt zufrieden?"

Randy grinste. „Bestimmt."

Hartmann ging wieder. Er sprach mit dem Einsatzleiter der Feuerwehr. Der Mann gab einige Erklärungen ab und deutete dabei auf die schwelenden Trümmer der Geisterbahn.

Nickend kehrte Horst Hartmann zurück. „Es hat keinen Verletzten gegeben", berichtete er. „Nur einige Leute, die noch husten. Glücklicherweise keine direkte Rauchvergiftung."

Per Walkie-talkie hielt Hartmann Kontakt mit den Polizisten. Eine erste Meldung traf ein. Die Männer hatten das Wohnmobil umstellt. Im Innern brannte Licht.

„Haben Sie jemand fassen können?"

„Nein, noch nicht."

„Gut. Wenn etwas geschieht, melden Sie sich. Das heißt, nein, wir werden uns jetzt auf den Weg machen."

„Verstanden, Kommissar."

„Können wir mit?" fragte Randy.

„Klar. Ihr müßt nur versprechen, uns die Verhaftung zu überlassen und euch nicht reinzuhängen."

„Das machen wir doch nicht!" Turbo tat entrüstet und deutete auf seine Brust.

Der Kommissar mußte lachen. „Lehrt ihr mich das Schloß-Trio kennen."

„Ho", wunderte sich Randy. „Sie wissen von unserem Kampfnamen?"

„So etwas spricht sich herum."

„Dazu gehört noch Michaela Schröder."

„Dann seid ihr also so etwas wie eine Bande?“

„Nein!“ riefen Turbo und Randy zugleich. „So können Sie das nicht sagen. Das ist viel zu hart ausgedrückt. Wir sind eine Clique – vielleicht. Mehr auch nicht. Eben das Schloß-Trio.“

Hartmann schaute auf seine Uhr. „Gehen wir. Der Rest muß auch noch erledigt werden.“

Dr. Ritter mahnte die Freunde noch einmal an. „Und keinen Wirbel machen, kapiert?“

„Versprochen, Vati!“

So recht hatte Randy seinen Alten Herrn nicht überzeugen können, das las er an dessen Gesicht ab.

Die Gruppe schlug einen Bogen. Wind war aufgekommen. Er drückte den Rauch dem Boden entgegen, trieb ihn vor die Gesichter. Man schmeckte ihn auf der Zunge und im Hals.

Kommissar Hartmann war vorgegangen. Er blieb dicht neben dem ersten Feuerwehrwagen stehen. Aus einem zweiten wurde noch gelöscht. Als hohe Fontänen jagten drei dicke Wasserstrahlen auf den Schwelbrand nieder. Der größte Teil der Geisterbahn war ineinander gekracht. Was jetzt noch stand und dabei morsch und locker war, wurde von den harten Wasserstrahlen umgehauen.

Der uniformierte Einsatzleiter kam auf Hartmann zu. „Es hat sich noch nichts getan, Herr Kommissar!“ meldete er.

„Gut, dann wollen wir mal.“

„Ich weiß nicht, ob die Türen des Wohnmobils verschlossen sind.“

Herr Hartmann winkte ab. „Das ist egal. Wir umstellen das Fahrzeug jetzt offiziell. Sie wissen Bescheid? Nur auf mein Kommando wird gehandelt.“

„Sind die Gangster bewaffnet?“

„Ja, ja“, sagte Randy. „Zumindest der Teufel hat ein Schießeisen.“

„Der Teufel?“

„Der sieht so aus. Er ist Anreißer hier auf der Geisterbahn und reißt die größte Schau ab. Ich habe das Gefühl, als ginge der mit seinem Kostüm noch ins Bett.“

„Soll er.“

Sie hatten sich dem Wohnmobil genähert, das eingeklemmt zwischen den beiden Löschfahrzeugen stand.

Den Männern war anzumerken, daß sich bei ihnen eine gewisse Erwartung oder Spannung breitmachte. Ihre Gesichter wirkten konzentriert, zeigten Entschlossenheit.

Auch Kommissar Hartmann lächelte nicht mehr und war nicht so locker wie sonst.

Dr. Ritter hielt die Jungen zurück, die ebenfalls sehr aufgeregt waren. Sogar der ansonsten ruhige Turbo trat von einem Bein auf das andere und räusperte sich hin und wieder.

Eigentlich konnte nichts schieflaufen. Trotzdem warf ein Ereignis den Plan durcheinander.

Plötzlich erschien eine rothaarige Frau. Niemand hatte gesehen, woher sie so rasch aufgetaucht war. Sie rannte auf das Wohnmobil zu, war einfach nicht aufzuhalten, blieb neben der Fahrertür stehen und hämmerte mit beiden Fäusten dagegen.

„Die Bullen!“ schrie sie. „Sie haben den Wagen umstellt!“

Da fiel ein Schuß!

Turbo und Randy duckten sich unwillkürlich, als sie den dumpfen Klang der Waffe vernahmen. Schallgedämpft erreichte er ihre Ohren. Ihnen hatte die Kugel nicht gegolten, auch niemand anderer wurde getroffen, während es der Frau die Sprache verschlagen hatte.

Geduckt hetzte Kommissar Hartmann auf sie zu. Bevor sie noch einen weiteren Warnruf ausstoßen konnte, hatte er sie gepackt und vom Wagen weggezerrt.

Er übergab sie den uniformierten Kollegen.

Schreie und wütende Stimmen schallten aus dem Wagen. Hinter dem Fenster nahm die Helligkeit zu. Jemand mußte noch eine Lampe angezündet haben.

Schattenhaft zeichneten sich zwei Gestalten ab. Es sah so aus, als würden sie miteinander kämpfen.

Hartmann wollte die Fahrertür aufreißen. Es klappte nicht. Sie war von innen verriegelt.

Er zog seine Waffe, zielte genau und gab zwei Schüsse auf das Türschloß ab.

Die beiden Kugeln fetzten es auf. Hartmann sprang zurück und riß gleichzeitig an der Tür, die ihm entgegenschwang.

Hartmann duckte und drehte sich an der Tür vorbei. Mit einem Satz sprang er in das Fahrerhaus. Seine Dienstwaffe hielt er schußbereit in der rechten Hand.

„Mann, da möchte ich jetzt dabeisein“, sagte Randy.

„Untersteh dich“, warnte sein Vater.

Kommissar Hartmann war nicht mehr zu sehen. Die übrigen Beamten griffen nicht ein. Sie standen mit gezogenen Waffen dicht am Wagen und warteten auf ihr Kommando.

Auch den Männern der Feuerwehr war aufgefallen, daß etwas lief.

Kommissar Horst Hartmann hatte damit gerechnet, angegriffen zu werden. Die Szene, die er jetzt allerdings sah, war mehr zum Lachen. Zwei Männer hatten Streit miteinander bekommen. Der Teufel und Leo Kowalski, der Dicke!

Dessen Kräften hatte der Teufel nicht widerstehen können. Er lag auf dem Boden, und Kowalski hockte wie ein Berg auf ihm. „Halt dein Maul!“ fuhr er den Teufel an. „Halt nur dein Maul, oder ich stopfe es dir. Wir kommen hier nicht weg!“

„Das meine ich auch!“ sagte Hartmann in die Worte des Dikken hinein. Er bückte sich und hob eine Pistole auf, die dem Teufel gehört hatte und jetzt mitten im Gang lag.

Kowalski erstarrte. Langsam drehte er den Kopf, während der Teufel unter dem Gewicht seines Kumpans stöhnte.

Kowalski schaute auf den Kommissar und in die Mündung der Dienstwaffe. Hartmann nickte ihm zu. „Sie gestatten, daß ich mich vorstelle. Mein Name ist Hartmann. Kommissar Hartmann. Ihr Spiel ist aus, Kowalski, endgültig.“

Der Dicke keuchte nur. Sein Gesicht zeigte einen dümmlichen Ausdruck. Über die Stirn rannen Schweißperlen und versickerten in den Speckfalten.

„Geh endlich von mir weg, du Kloß!“ ächzte der Teufel. „Ich will keine Briefmarke werden!“

„Ihr Freund hat recht“, sagte Hartmann.

Leo Kowalski stand auf. Er schüttelte den Kopf und sprach voller Inbrunst ein bestimmtes Schimpfwort aus.

„Ein sehr harter Ausdruck für eine weiche Masse“, meinte Hartmann grinsend. „Und jetzt raus mit Ihnen.“

Der Kommissar verließ ebenfalls den Wagen. Er wartete auf die beiden Männer. Durch eine Bewegung seiner freien Hand hatte er bekanntgegeben, daß die Lage entspannt war.

Zuerst kam Kowalski. Die Arme hielt er sicherheitshalber erhoben. Er durfte sie jedoch runternehmen, denn beim Anlegen der Handschellen wollte sich niemand recken.

Dann erschien der Teufel.

Eine lächerliche Gestalt in seinem roten Kostüm. Der Mantel hing hinter ihm wie ein Fetzen. Die Schminke im Gesicht war verlaufen. Auf der Stufe blieb der Teufel stehen. Er grinste plötzlich. „He, habt ihr noch nie einen Teufel gesehen?“

„Das schon“, erwiderte der Kommissar. „Aber keinen, der so lächerlich wirkt.“

„Ach, ihr könnt mich mal.“ Er sprang zu Boden und streckte die Arme freiwillig vor.

Randy und Turbo hielt nichts mehr an ihrem Platz. Der Kommissar ließ es zu, daß sie den Wagen betraten.

„Kommen Sie mit, Herr Hartmann!“ rief Randy. „Ich zeige

Ihnen was." Er schaute sich zuerst die Seitentür an, die sie aufgebrochen hatten. Sie war notdürftig repariert worden.

Turbo öffnete den Vorhang. „Na!" sagte er und lächelte, als der Kommissar einen Pfiff ausstieß.

„Das ist allerhand", gab Hartmann zu. „Darauf wäre ich nicht gekommen. Eine transportable Falschmünzerwerkstatt." Er schüttelte den Kopf. „Was es nicht alles gibt."

„Und wir haben sie entdeckt!" erklärte Randy nicht ohne Stolz in der Stimme.

„Zum Glück, ihr beiden."

„Wieso?"

„Tja, wenn mich nicht alles täuscht, ist sogar eine Belohnung auf das Ergreifen der Blüten-Bande ausgesetzt worden."

„Tatsächlich?"

„Ich mache keine Witze."

Randy schlug Turbo auf die Schulter. „Mann, das ist ein Hammer. Das wäre ja genau das richtige Startkapital für das Schloß-Trio – oder?"

„Und wie."

„Aber ein Schloß könnt ihr euch davon nicht kaufen", meinte der Kommissar.

„Das haben wir ja schon!" erklärte Randy. Er war plötzlich stolz darauf, in dem alten Haus wohnen zu können . . .

# Piraten-Fete

Am nächsten Tag!

Nach einem langen Schlaf und auch nachdem sich Frau Ritter wieder beruhigt hatte, war sie es gewesen, die mit dem Vorschlag herausrückte, eine Piraten-Fete zu machen.

Die Jungen waren baff.

„Wie denn, wo denn, was denn?“ rief Randy.

„Bei uns im Garten.“

„Am Nachmittag oder am Abend.“

„Wir können ja am Nachmittag anfangen.“

„Das ist ein Wort, Mutti. Wen lade ich ein?“

„Freunde, die nicht in Ferien gefahren sind. Die meisten sind ja weg.“

Randy überlegte. „Da kommen einige zusammen, Mutti. Ja, ich weiß schon, wem ich Bescheid gebe. Wann soll die Fete dann starten?“

„Morgen?“

„Klar doch.“

Um die Einladungen kümmerte sich Randy nicht allein. Michaela Schröder half ihm mit.

Natürlich mußte sie erst erfahren, wie es den Freunden ergangen war. Turbo und Randy erzählten eine Riesengeschichte, die Michaela ihnen nicht abnahm. Über den Brand hatte sie allerdings in der Zeitung gelesen. „Ihr seid aber nicht erwähnt worden.“

Randy winkte ab. „Das ist auch gut so.“

„Wie hoch ist denn die Belohnung?“

„Keine Ahnung. Vielleicht tausend Mark oder so.“

„Damit kann man schon etwas anfangen. Das wird dem Trio-Konto guttun.“

Die Telefonate waren schnell geführt. Dekorationen wurden aus dem Keller geholt. Allerdings hatten die Freunde zur Bedingung gemacht, daß jeder im Kostüm erscheinen mußte.

Fast wie Karneval.

Und sie kamen am nächsten Nachmittag. Sechzehn Jugendliche versammelten sich im Garten der Ritters.

Aus den Lautsprechern dröhnte heiße Disco-Musik. Die Klänge trug der Wind bis an das Ufer des Rheins.

Man tanzte, man war fröhlich. Saft und Limo flossen in Strömen, und Frau Ritter hatte sich beim Backen und Kochen wieder einmal selbst übertroffen.

Ihre Hamburger wurden von den Gästen mit Jubelschreien begrüßt. Sie waren einfach super.

Bei Einbruch der Dämmerung schaukelten dann die bunten Girlanden im Wind. Auch die Erwachsenen feierten jetzt mit. Herr und Frau Ritter zeigten, wie man Charleston tanzte. Die jüngeren Gäste umstanden sie in ihren bunten Piratenkostümen und feuerten sie durch Klatschen zu wahren Höchstleistungen an.

Über ihnen glänzte der Nachthimmel schon bald wie angestrichen. Sterne funkelten auf dem unendlich erscheinenden Firmament wie Brillanten auf dem Samtkissen eine Juweliers.

Noch ein sehr später Gast traf ein. Es war Kommissar Hartmann, der den Weg gefunden hatte.

Mit großem Hallo wurde er begrüßt.

In einer stillen Minute nahm der das Schloß-Trio zur Seite und erklärte ihnen, daß die Blüten-Bande hinter Gittern saß. „Falsche Zwanziger wird es so rasch nicht mehr geben."

„Dafür aber falsche Fuffziger!" rief Michaela.

„Meinst du?"

„Klar, Herr Hartmann. Da brauche ich nur an unseren Freund Freddy zu denken."

„Stimmt. Er hat leider den falschen Weg eingeschlagen."

„Wird ihm denn viel passieren?"

„Nein, das glaube ich nicht. Freddy ist das schwächste Glied in der Kette. Außerdem noch Jugendlicher. Ich hoffe, daß ihm dies eine Lehre war und er sich bessert."

„Das meine ich auch", sagte Randy. „Schade um den Jungen. Er hätte es besser haben können."

„Ach so, ja. Die Belohnung beträgt..." Herr Hartmann legte eine Pause ein und erhöhte die Spannung.

„Wieviel?" rief Randy.

„Zweitausend."

„Mark?" wunderte sich Turbo.

„Natürlich. Keine Peseten."

„Das ist Wahnsinn. Affenstark – was?"

Bevor die drei Freunde in große Freudenstürme ausbrechen konnten, fügte der Kommissar noch etwas hinzu. „Da wäre eine weitere Überraschung." Er griff in die Tasche. Als Faust zog er die Hand wieder zurück. „Das soll ich euch vom Kommis-

sar Becker geben. Gewissermaßen als Preis und Anerkennung."

„Was ist es denn?" fragte Michaela, die ihre Augenklappe, die sie als Piratin trug, hochgeschoben hatte.

Horst Hartmann öffnete die Faust. Keiner sah das Grinsen auf seinen Lippen.

„Freikarten!" schrie Randy, ging zurück und schlug sich gegen die Stirn. „Ich werd nicht mehr. Freikarten..."

„Für was?" Michaela hatte es noch nicht erkannt.

„Für die Geisterbahn – was sonst?"

Diesmal konnte sich auch Kommissar Hartmann nicht mehr halten. Er lachte so laut, daß er selbst die Party-Musik damit übertönte...